医療小説

ドクターGじいの教訓

髙橋弘憲

［番外編］

コロナ騒動

論創社

はじめに

新型コロナウイルスの犠牲となられた方々に哀悼の意を捧げます。

また、自粛によって大打撃を被られている皆様のことを思うと本当に心が痛みます。

私は地方都市の一開業医ですが、この国難の発端は新型ウイルスの出現であるものの、ここまで深刻な事態に至ったのは、度重なる対応のまずさが大きな要因だと思っています。そしてもっと良い方策があるはずだと考えます。しかしテレビに向かってその思いをぶつけたところで、相手に届くはずもありません。

そのような悶々とした毎日を送っていたときのこと、論創社の森下社長から「思っているところを本にしてはどうか」とのありがたい提案をいただきました。そこで、昨年出版した『ドクターGの教訓』の「番外編」として医療小説のスタイルをとりながら、自分なりの意見を発信することにしたのです。

最初に私は、2週間で原稿を仕上げることを自分に課しました。2週間というのは、最初の休校や自粛要請の期間と同じ長さだからです。私はあの2週間を、政府がさまざまな事態への対策を固めるために要する時間だと思い込んでいましたが、その期待は見事にはずれました。だから自分は2週間で一仕事終わらせてみせようと決意したのです。

今回の緊急事態宣言にしても、その前後で劇的に変わった政策などあるでしょうか。医療崩壊と言いながら、未だに既存の医療機関とそのスタッフの献身に頼り切っている。毎度延長される自粛による生活の困窮、学校に行けない子どもたちとその親が居る狭いアパートがまるで戦場と化している。そんな有事に政治家が獅子奮迅の活躍をしないで「ステイ　ホーム」してどうするのでしょう。

子どもたちは国の宝、そして教育は憲法で定められた国民の義務です。だから休校期間は国を挙げて代替の授業を行わなければいけない。本文中にも書きましたが、義務教育の授業はテレビを使って行い、それで完結と認めればいいではありませんか。普段はことあるごとに憲法憲法と口にしている人たちは何をしているのでしょうか。いつになるのかわかりませんが、新型コロナウイルスはやがて終息するでしょう。しかし、その間に招いた国力の低下を回復させるために、国民は一人一人の能力に応じて精一杯働き続けなければいけない。私も気力・体力の限り頑張ります。そのときに、非効率きわまりない「働き方改革」なるものを振りかざされるのは甚だ迷惑です。

この先、私たちは強い覚悟を持って前に進まなければいけません。

その私たちにふさわしいリーダーが登場することを切に願っています。

2020年4月12日　24：00

高橋　弘憲

目次

登場人物

＊山谷　有里（やまたに　あり）

この物語の語り手。医学生の頃に知り合った、あるクリニックのドクターやスタッフとの交流を通じて、一人前の医師に成長して行く。剣道三段、色気はないが男気はある。大学病院の血液内科に所属。突然、僻地診療所での勤務を命じられたが、無事に任期を終えて戻っている。

＊ドクターG《じい》

還暦を過ぎた内科医。開業前は公立の大病院に勤務していた。若い頃に僻地の診療所に派遣され、ずっと一人で働いたこともある。無駄、無策、無気力を嫌い、頑固でちょっと怖いところもあるが面倒見は良い。今回の新型コロナウイルス騒動に対しても、自分なりの見解を持っている。

＊トミ子

G《じい》のクリニックで長く働いているベテラン看護師。Gの信頼も厚い。

＊高子　＊由美

クリニックの事務員。高子の方が年上で落ち着いている。由美は明るい自由人。

＊T君

有里と同期の青年医師。大学病院の救命救急センターで働いている。熱血漢だが、お人好しでちょっとそそかっしいところがある。

＊森松教授

G《じい》の親友。遺伝子治療の第一人者。

医療小説　ドクターG《じい》の教訓【番外編】コロナ騒動

始まりの予感

私にとってこの嫌な予感は、昼休みになったときにG《じい》が発した何気ない一言から始まった。

「今年はインフルエンザの患者さんが少ないな。去年から少しずつダラダラ来ているが、全くピークが来そうにない」

「これからではないですかね。2月、3月に遅れて流行することもあるから」

「いや、たぶんそうじゃないぞ。中国で原因不明の肺炎が発生し続けているからな、たぶん何か変なウイルスが出て来たのじゃあないかな」

「それがインフルエンザの流行と何か関係あるのですか?」

「確たる根拠はない。俺の経験から言っているに過ぎないが、何か新しいウイルスが大流行すると、インフルエンザは流行しない。ウイルスの世界にも縄張りがあるのかもしれないな」

するとは由美さんが横から口を出した。

「先生、知らないのですか。インフルエンザはバラ撒かれているのですよ。地球の人口が増えすぎないように。そういうことを本気で考えて実行するグループがあるって、本に書いてありましたよ」

「えっ、それ本当ですか、由美さん。その本、どこにあるのですか?」

「私は持っていないわ、そのとき買わなかったから。本屋で立ち読みしたの」

「それじゃあ、本のタイトルはわからないですか?」

「ごめん、よく覚えていないわ」

すると高子さんが、

「あまり真に受けない方がいいですよ、有里先生。由美ちゃんは何でもかんでも陰謀説にハマっているのだから。信長を殺したのは秀吉だとか、９・11テロの黒幕はアメリカだとか、それから何だったたっけ……」

「何っているの、高子さん。何でも表向きの情報を信じ込んでしまう方が危険でしょうが。戦争のときの日本だって、軍人のトップが自分たちに都合のいいように嘘の報道を繰り返したのだから。私は歴史から学んでいるのです。今年はきっと違うウイルスをバラ撒いているのよ、試験的に。ねえ、先生（Ｇ《じい》のこと）、どう思います？」

「どうだかな。積極的にそうだと言う気にはなれないが、絶対に違うとも言い切れないな。平和ボケした日本では想像もつかないことが、世界では日常的に起こっているだろうからな。それにそんな情報は公表されないはずだから、俺にはわからんよ」

「絶対そうですって。見ていてご覧なさい、有里先生。きっと、今年のインフルエンザはもうおしまいよ」

由美さんが自信たっぷりの顔で言い切った。「そんなバカな」と思ったが、これがＧ《じい》の口から出た言葉だったら、私は何の疑いも持たなかっただろう。

新型ウイルス

しばらくして、謎の肺炎の正体はＳＡＲＳではなく、新型コロナウイルスによるものと判明した。発生源は武漢市内の市場で売られているコウモリではないかと言われている。

当初、動物から人には感染するが人から人へは感染しない、と報道されていたが、

「そんなはずはないだろう」

とＧ《じい》は即座に否定した。

「中国の報道を真に受けていたら、えらい目に遭うぞ。ＳＡＲＳのときだって最初は隠蔽していたからな。新幹線事故の車両だって、即座に地面を掘って埋めていたのを

覚えているだろう」

このウイルスが人から人へ感染することが報道されたのは、それから間もなくのことだ。

「すごい、先生の言ったとおりだ」

由美さんがちょっと自慢げに声を上げたが、

「こんなの当たったところで、うれしくも何ともない。動物から外に出て来ようが、人から出て来ようが、ウイルスが生きていれば感染するのは当たり前だ。ヒトヒト感染がないと言い切れるのは、一旦人体に入ったらウイルスがすぐに感染力を失うときだけだ。そんな証拠がどこにあった。

ちょっと考えれば判りそうなものだがね。これからが大変だぞ。きっと爆発的に拡がるはずだ。こっちまで来なければいいのだがね」

Gの言葉に「これはなんだかヤバイことになりそうだ」と私も危機感を感じた。

もし日本まで拡がったら、どこで治療するのだろう。大学病院の中に入院させるようなことはやめて欲しい。免疫力がひどく低下している白血病の患者さんたちもいるところで、もしも院内感染が拡がったら……想像するだけで恐ろしい。

しかし戦々恐々としている私たちのことをバカにしているように「日本では騒ぎすぎ」などとインタビューに答える武漢市民の呑気な姿がテレビに映し出されている。

「こいつらはバカなのか」

G《じい》はいらだちを隠せない。そしてあっという間に新型コロナウイルスの感染者は爆発的な勢いで武漢市民に拡がり、やがて中国全土に飛び火していった。そして気の毒なことに、最初に警鐘を鳴らしながらも無視された、中国人の医師が肺炎によって死亡したとのニュースが流れた。

「これ、日本も危ないですよね。このまま拡がると」

私は先のことが不安になってつぶやいたが、由美さんは全く別のことに気を取られている。

「でも、市場でコウモリが売られているってどういうこと？　ひょっとして、中国の人はあれを食べるの？」

「そんなことを気にしてどうするの？」

私はそう言おうとしたが、その前にG《じい》が由美さんに答えた。

「まあ、国によって食べ物も様々だからな。中国では犬も食べるのだぞ。そもそもあのチャウチャウという犬はペット用ではなく食用犬らしいからな」

「うわ～、かわいそう。中国人は残酷ね」

「牛や豚だってかわいそうだぞ。屠殺場に連れて行かれるときには目に涙を浮かべながら嫌がると聞いたことがある。それに日本人が食べている魚の活き造りだって、よその国から見ればずいぶん残酷だと思われているようだからな。

それにしてもコウモリをどのように料理するのだろうな。さすがに活き造りにはしないだろうけど、食べてみると意外に美味いのかもしれないぞ、由美ちゃん」

「うわっ、先生やめて下さいよ。私はネズミも苦手なのだから。コウモリが羽を広げてピクピクと痙攣しているなんて……ああ、想像しただけで身の毛がよだつわ」

「うあっ、私も無理」と高子さん。私も絶対無理だ。

「なんだ、誰も食べろとは言っていないだろう」

「でも、皿の上でコウモリがピクピクしているかと思うと」

「活き造りのはずがないだろうが。冗談だとわからんのか、由美ちゃんは」

「じゃあ、最初から言わないでくださいよ、も～」

このときクリニックの駐車場に、1台の車が入って来た。

「患者さんかな？　急患じゃなければ、あと1時間以上待ってもらわなければいけないけど」

高子さんがそうつぶやきながら、受付のカウンターに向かったが、

「なあんだ、T先生じゃないですか。今日はお休みですか？」

「こんにちは。今日は当直明けです。珍しく急患が来なくて仮眠もできたので、ちょっとここまでドライブしました」

「ヘッヘッヘ、お目当ては有里センセーでしょう？　なんだかいい雰囲気だから」

「いや、そんな。山谷さんは同期だけど、ボクよりずっとできるし、目標としていますから」

「そうかなあ？　有里センセーにはT先生がよくお似合いだけど。私は２人とも大好きだから、そのうち結婚するといいのに、と思っているのよ。ねえ、高子さんも同感でしょう」

「そうねえ、有里先生は私たちには家族同然だから。相手がT先生のような好青年だとうれしいけど、余計なお世話よね、きっと」

ただならぬ話題に私は慌てて、

「ちょっと何を言っているのですか。私はまだ修行中ですから、結婚する余裕なんて全然ありませんよ」

「そのとおりです。それにボクなんか本当にまだ半人前ですから、山谷さんよりもっと修行中です」

なにも修行の必要性を競争する必要はないのだけど、こんなところがT君らしい。

すると高子さんが外を見ながら、

「それはそうとT先生、車変えたでしょう。駐車場に入って来たとき、判らなかったわ。いつものラシーンと違ったから」

「あれは学生時代に中古でもらってからずっと乗っていたので、まるで相棒のように思っていたのだけど、さすがにあちこち傷んで。部品もなくなってきているそうだから、お金にも少し余裕ができたので、思い切って買ってしまいました。実は、ついさっきディーラーから受け取って、そのままここに来たという訳です」

「最初の目的地にこのTクリニックを選んでもらって光栄だな、T君」

「あっ、先生。どうもお久しぶりです」

「T先生、まだ2週間ぶりでしょ。それよりもちょっと車を見せて」

高子さんはやっぱり車好きだ。すると由美さんも、

「私も見に行こうっと」

「由美ちゃん、食事をしなくてもいいの？　とっくに私と交代している時間でしょう」

「ウウッ、まだ食べたくないのよ。だって今日の日替わり弁当には手羽先が入っているのだから。コウモリに見えてしまいそうで、食欲が湧いて来ない」

「いったい何の話ですか？」

怪訝そうなT君。

「新型コロナウイルスがコウモリから感染したって話。それを先生が、コウモリを活き造りにして食べると言うから。気持ち悪いでしょう、あの黒い羽をバタバタさせながらピクピク痙攣しているコウモリを想像すると……」

「まだ言っているのか、俺はまさか活き造りで食べるはずはないと言っただろうが」

「ハッハッハ、それって傑作ですね。ボクなんか思いつきもしないや。でも世の中にはゲテモノ食いも居ますからね、ボクの友達はカエルの活き造りを食べたって自慢していましたよ。足がピクピクしていたそうです。あっ、これは日本の話ですからね。

彼はカエルの解剖実習のときにもウシガエルの足を焼いて食べていました。ボクも一口食べたけど、まるで鶏肉みたいな味でした」

「あ～、それ覚えている。私は食べなかったけど、フフフ懐かしいわ」

私たちは学生時代の思い出を楽しんでいたが、由美さんは真っ青な顔になって、

「もう今日は弁当を食べるのはやめた。カエルと鶏肉が一緒だなんて」

「ごめんなさい、由美さん。ボクが無神経でした。ちょっと待っていて下さい」

T君は車の中からミスタードーナツの箱を取り出して、

「皆さんと食べようと思って買って来たので、これを食べて下さい。よかったらボクの分もどうぞ。由美さんが食べられなくなった弁当はボクが代わりに食べますから」

「わあ、T先生ありがとう。私の評価はまた上がっちゃった。じゃあ高子さん、私は休憩に入ります」

「どうぞ」

高子さんはT君のGOLFに夢中で、そっけなく返事をした。

「やっぱりいいわね。ガッチリしているし、これなら高速でもビクともしないわ。それに大きすぎず小さすぎず普段使いにもバッチリだし。外観も内装も派手じゃあない

けど、フォルクスワーゲンの車には機能美があるのよね」

「そうなんですよ」とうれしそうに答えたT君だが、ふと悲しそうな表情を浮かべながら
「でもその分、なおさら前の車がいとおしくなって……あんなにボロボロになりながらよく頑張ってくれたと思うと……」

T君の車はいつもきれいに磨いてあって、あちこちで車と一緒に自撮りした写真をうれしそうに見せてくれた。私が彼を信用しているのは、T君のこんなところを知っているからだろう。

「T君、車は君の命を運ぶのだぞ。そう思って気持ちを吹っ切ることだ。いい車を選んだじゃあないか」

やっぱりG《じい》はいいことを言うな、と感心したがもう一言、

「T君にとって車とはなんだ?」

あれっ、これ、どこかで聞いたことある。そうだ「おぎやはぎの愛車遍歴」という

番組だ。何度か見たことがあるが、いろんなゲストが語る愛車との思い出話に笑ったりジ〜ンときたり。この番組を見た後では、自分の車（正確にはG《じい》の車を借りている）にますます愛着が湧いて、翌日は洗車したりする。

「ボクにとって車とは大切な家族です」

そう答えたT君の気持ちが、私には痛いほど解った。あの車はT君が学生時代にお兄さんのお下がりをもらったものだった。その頃は仲のいい兄弟だったが、お父さんが亡くなって病院を継いだお兄さんとの関係が、今はちょっとギクシャクしているようだ。その愛車を手放すことで、お兄さんとの絆も切れてしまうような気がしたのだろう。私も思わずウルウルしてしまったが

「先生にとっては車とはなんですか？」

今度はT君が聞き返した。私は高子さんと目を合わせながら興味津々に答えを待った。

「鉄の馬だ」とG《じい》は即答した。

クリニックの中に入ると、またコロナウイルスの話題に戻った。

「新型コロナウイルスって、本当に市場の動物が発生源なのですかね。どこかの研究施設から外に漏れたのじゃあないかという噂もあるようですけど。先生はどう思われます?」

T君は真顔でGに意見《じい》を求めた。

「それ、由美さんも似たようなことを言っていた。ウイルスを人工的に作ってバラ撒いたのじゃあないかって」

先にそう答えてしまった私。やっぱり、ちょっとおかしいと感じている証拠だ。

「想像だけでは何とも言えないが、コウモリから感染するとしてもごくわずかの人間だろう。そこから次々に伝染したとしても、こんなに爆発的に感染者が増え続けるにはどうも無理があるな。現代の技術で人工的ウイルスを作ることは可能だろうから、あり得ない話ではないだろうな」

こんな会話をしながらも、このときはまだ対岸の火事のように感じていた。

分水嶺の春節

春節の前に中国からの入国者を政府が制限しなかったことに、G《じい》はあきれかえっている。

「中国の感染者が大勢入って来るというのに、何も手を打たないとは……全く信じられん」

そしてテレビで会見をしている人物に向かって吐き捨てた。

「ここがウイルス排除の分水嶺だったのに。間違った方向に水を流し続けやがって。これからいよいよ激流となってコロナの脅威が押し寄せて来るぞ。今から覚悟しておくことだな」

もっともテレビに向かって話しかけても相手は聞いていないけどね。いや、たとえ聞こえたとしても聞く耳持たないだろうな。

「まあ、経済効果をあきらめきれなかったのだろうが、このツケは後々高くつくだろうよ。周りのブレーンがもっとしっかりしていればいいのだが、と言うよりも自らブレーンを求めなければいけないよ。ただし有能なブレーンは、耳ざわりのいいことばかりは言ってくれないけどな」

G《じい》はややトーンを抑えて、自分を納得させるようにつぶやいた。身内に地方議員がいた関係で、ずっと自民党支持だったらしい。今の総理が復活したときには、すごく喜んで期待を膨らましたとのことだから、なお一層やりきれない気持ちなのだろう。

「もうやめようかな、バカバカしくてやっとれん」

G《じい》はポツリとつぶやいた。何をやめるとは言わなかったが……。

一歩目から……

武漢での感染拡大を受けて、政府は帰国用のチャーター機を用意した。帰国者はPCR検査を受けることになっていたが、2名の者が拒否して勝手に帰宅した。法的に拘束力がないため、やむを得なかった、と報道されたが、とても納得できるものではなかった。

「こんなわがままな人、どこの誰なのか公表すればいいのよ」

高子さんが怒っている。

「本当に迷惑だわ。きっと議員さんよね、何でも自分の思い通りになると勘違いしているようだから」

由美さんが決めつける。たしかに入院患者の中にも、病院の規則を無視するような特権意識の高い議員さんもいるのは事実。もしこの2名がどこかの議員だと報道されても、きっと誰も疑わないだろう。しかし、決めつけてはいけない。医師の中にも同様の者がいくらでもいる。先生と呼ばれる職業が信用されていたのは遠い昔のことだ。

G《じい》も怒りを隠せない。

「しかし、搭乗前に誓約書をとっておかなかったのは失敗だな。さすがにこんな馬鹿者がいるとは思わなかったのだろうけど、ウイルスの拡散を止めるためには、絶対に水際で妥協してはいけない。感染多発地域からの帰国者であって、帰国者一般を相手にしている訳ではないのだぞ。

だいたい法的根拠ってなんだ。警察官や自衛官をも動員して、検査拒否は公務妨害とするくらいに厳しく当たらなければいかんよ。国がこんな弱腰だと、現場の職員が気の毒だ。最初の一歩目で、もうつまずいているよ」

そして、ＰＣＲ検査陽性者が病院に隔離されることを知るや、

「これはいかん。絶対にやってはいけないことをもうやっている。よりによって、わざわざ病院にウイルスを誘導するなんて、院内感染のリスクを甘く見すぎだ。感染者を収容する施設を早急に確保しなければ、病院の機能がマヒすることになるぞ。まずは既存の宿泊施設を丸ごと借り上げるとか、小規模の病院でいいから感染者専用に使用させてもらうのが手っ取り早い。

最近では、経営が赤字で困っている病院がたくさんあるだろうから、十分な保証をすれば協力してくれると思うがね。とにかく、一般の患者さんが入院している病院に感染者を収容することは、絶対に避けなければいけない。このような非常時にはその道のプロに陣頭指揮を任せないと、二歩三歩とつまずき続け、そのうち転んで大怪我をするぞ」

クルーズ船

クルーズ船内で、新型コロナウイルス感染の連鎖が止まらない。

「だから言っただろう」

G《じい》は誰に話しかけるでもなく一人つぶやいた。そう、たしかにG《じい》は言っていた。

「このやり方ではダメだ。同じタイミングで一斉に検査して、感染者と非感染者を振り分けなければダメなのだって。ダラダラ検査しているうちに、船内でどんどん拡がるぞ」

しかし、G《じい》がいくらテレビに向かって言葉を発したところで、偉い人たちの耳に届くはずもない。聞いているのは私たちだけだ。船内では相変わらず、発熱などの症状がある人やコロナ感染者と濃厚接触した人を優先に順次検査を続けている。

G《じい》はまるで私に授業をするかのように語った。

「いいかね、今回のように同じ空間にいる人たちの中に感染者がいる場合は、まず真っ先に全員を検査しなければダメだ。そしてその時点での陽性者と陰性者を別々の施設に分ける。大人数だからなどと言ってはいられない。国がホテルをそれ相当の報酬で借り上げればいい。別の大型客船でもいいが、乗客のストレスと安全を考慮すれば、一刻も早く陸に上げるべきだ。海が荒れることもあるからな。

そしてここが大事だが、陰性者が入る施設は最初から2つ用意しなければいけない。最初はそのうちの1つを使用し、そこで数日後に再び検査する。おそらくその時点で、何割かの人が陽性と判定されるだろう。そこで、陽性者は陽性者を収容している施設に移す。問題は陰性者の方だ。

感染者が出たその施設は既に汚染されていると考えなければいけない。だからすぐにもう1つ用意してあった別の施設に移ってもらい、また数日後に検査して振り分け、陰性者はその間に消毒した一つ目の施設に再び戻す。陽性者が出なくなるまでこれを繰り返すのだ。

ともかく感染機会の高い船内からはすぐに離れさせること。乗務員も一緒にね。陸上の施設には、全く別の職員が当たるようにする。食事は給食施設や弁当屋などに依頼すればいい。と言ってももう遅いがね」

テレビではコメンテーターが、

「PCR検査器機や職員の数に限りがあるため、検査に時間がかかる」

としゃべっている。

それを聞いてG《じい》は、

「いったい何を言っているのか。ドンと金を出してあちこちから人も器械もかき集めれば、一気にやれないことはないだろうに。ここは勝負の分かれ目だから、出資を惜しんではいけない」

G《じい》が言ったとおり、クルーズ船の感染者は日に日に増えてきた。乗客は各個室内にこもっているにもかかわらず、予想をはるかに上回った数に達している。感染経路は乗務員を通じての感染や、デッキの手すりやドアノブ、食器などからの接触感染と考えられているようだ。

「クルーズ船の中はとんでもないことになっていますね。いったいどこまで拡がるのでしょうか」

「船内の換気を通してウイルスが拡散しているならば、このままだと相当拡がるな」

「でも、コロナウイルスの場合は感染者からの飛沫感染ですよね。それから接触感染もありますけど。換気を通しての空気感染はしないはずでは」

「それはあまり当てにならないだろうよ。そもそも飛沫感染と空気感染との違いは何だね」

「飛沫感染は、くしゃみや咳によって飛び散る微粒子に付着したウイルスが感染源となるもので、その距離はだいたい2~3メートル、遠くても数メートルくらいです。空気感染は、ウイルスが気流に乗って感染が拡がるものです」

「それじゃあ、ドアノブなどから接触感染するのはどうしてだ」

「どうしてって、それはたぶん飛沫がドアノブに引っ付いて、その中のウイルスがドアをさわった手に付着して、この場合はおそらく気道ではなくて眼球結膜などから体内に入ると考えられます」

「俺が言いたいのはそこじゃあない。肝心なのはウイルスが生きているのか死んでいるのか、それに尽きる。ウイルスがしばらく空中で生きていれば気流に乗って拡がった先で感染し得るからな。そもそも飛沫がすぐに落下して、そのまま床にとどまったままだという保証はあるのかね」

私が答えに詰まっていると、G《じい》はそのまま続けた。

「空気中には酸素や二酸化炭素、窒素だけではなく、水蒸気やハウスダストも存在する。実はここがミソで、水分子やハウスダストのようなタンパク質は電位極性が強い。話がちょっと難しいか？　わかりやすく言えば、要するに静電気によって他の物質を引き寄せる力が強いということだ。いわゆるホコリは静電気の力で空中に長く存在し、床に落下した後はやはり静電気によってお互いに引っ付き合い、大きな塊となる(ここでGは《じい》ちょうど椅子の下に見つけたホコリの塊を指さした)。

ウイルスを含んだ微細な飛沫がハウスダストに引っ付いて空中に浮遊することは、十分あり得ると考えておいた方がいい。それがどれほど速く拡散するのかは、煙を想像すると理解できるだろう。だから空調が客室ごとに完全に独立しているのでなければ、別の客室にいても安全とは言い切れない、というのが俺の考えだ。

それに、この新型ウイルスが空気感染しないと言い出すのも早すぎる。人から人への感染はない、などといい加減なことを発表していたことを忘れてはいかん。なんでもかんでも頭から信じ込んで、自分の頭で考えることを放棄するのは危険だ。いつか痛い目に遭うぞ」

その後、船内での感染はますます拡がり、乗務員にも発症者が出現した。検査に当たる職員が疲労困憊している様子もテレビに映されている。

「もっと人員を割いてやらなければ、彼らが気の毒だ。検査だって進むはずはない。

少しは真剣に考えろよ」
G《じい》は今日もまた、むなしく吠えた。

検査数が少ない

テレビでコメンテーターが「日本のＰＣＲ検査数は少なすぎる」と捲《まく》し立てている。中国や韓国を見習えと辛辣な意見を言う者さえもいる。検査をしたかったが許可が下りなかったと訴える医師の声も報道されている。Ｇ《じい》も同じ考えだろうと思っていたら、意外な答えが返ってきた。

「今の時点で、やみくもに検査をするのは得策ではない」

「でもクルーズ船のときは、一刻も早く一斉に検査をするべきだと言っていたじゃあないですか」

「あの場合とは全く違うよ。クルーズ船の場合は人数の上限が決まっていただろう。

たしかに大人数だったがね。そして濃厚な感染機会があった。あの限られた空間に3000人以上が滞在していたのだぞ。はたして安全な空気を吸い込むことが可能だったのかも怪しいね。

だから早急に検査して、非感染者を感染者から遠ざけるべきだった。実際、ダラダラ検査したことで感染はドンドン拡大しただろうが。

しかし一般的には、発熱者の多くはコロナウイルス感染者ではない。それに感染しても発症率が低い場合、検査をすれば不顕性感染者が少なからず見つかるはずだ。そのときに、その人たちの扱いはどうする。これまではクルーズ船の乗員や濃厚接触者が検査陽性であれば、それだけで入院隔離しているが、同じ基準のまま検査を増やせばどうなるのか考えてみろ。陽性者を全部入院させるなんてとてもできることじゃない。

となればとりあえず自宅にこもってもらうしかないだろう。要するにコロナ陽性だったとしても、今のところインフルエンザのように治療薬がある訳ではないし、重症でなければ自宅療養するしかない。

それに検査をする行為そのものに感染のリスクがあるし、医療側の負担も大きい。だからたとえ微熱でも、最初からコロナかもしれないと考えて、ひたすら引き籠《こも》ってもらうのが最も手っ取り早い手段だ」

「それにＰＣＲ検査の陽性率は約３分の２と言われていますからね。残り３分の１に当たる偽陰性の感染者が安心し切ってしまうのも怖いですよね。ということは、やっぱり最初から自宅療養を徹底させる方が効果的ということか」

「だから日本式のやり方は、あながち間違ってはいない。もっとも、東京オリンピックを予定通り開催するために検査数を抑えて、意図的に感染者数を低く見せているという、うがった見方もあるけどな。まあ、動機はともあれ今の医療体制を見れば、疑わしいケースに限り検査した方が無難だろうよ。

実際、片っ端から検査している他の国でコロナが終息しそうだとも思えないからな。ともかく目標は爆発的な拡がりを抑えることだから、正しく統計をとること以上に感染予防行為を優先すべきだ」

「なるほどそうですね。そう言えば、中国でコロナ感染者が強制連行されている様子が報道されていたけれど、ああなると怖いですね」

「まあ、日本ではあんな風にはなるまい。中国は共産党の一党独裁国家だからな、強制力が違う。それに対して我らが日本は民主主義国家で、なおかつ軍隊もないからな。国民の権利が守られる一方、これほど有事に弱い体制の国は世界的に稀だろう。

中国はあっという間にコロナ専門施設を造ったからな。日本はもっといいものを造る技術はあるが、実行力がない。会議をしているうちに時間ばかりが流れていく。まるでネズミの相談だな」

トミ子さんの心配事

「トミ子さん、それは本当に心配だわね」

「だって奈々ちゃん、新婚なのでしょう。ホント、気が利かない師長さんよね。私や有里センセーみたいな独身者を当てればいいのに」

「本当に困ったことになったわ」

トミ子さんの一人娘の奈々さんは、県立病院で看護師として勤務している。そして今回、新型コロナウイルス感染患者の看護チームに選ばれたのだ。

「トミ子さんの心配はよくわかるが、防護服やゴーグルなどで完全防備しているから大丈夫だ。ウイルスをうつされることはないだろう」

「そうよ、心配しなくても大丈夫よ。それに感染対策のメンバーに選ばれるってことは、それだけ奈々さんが高く評価されている証拠よ」

私もそう言って励ましたが、トミ子さんはまだ浮かない顔だ。

「そう言ってくれるのはありがたいけど、まだ他にも困ったことがあるのよ」

「えっ、どんなこと？」

「コロナの感染者と濃厚接触するから、しばらくはダンナと別々に生活しなければいけないでしょう。だけどダンナの実家は遠いし、飼っている犬の世話もあるので。犬はダンナがずっと前から飼っていたのよ。それで奈々の方が実家に戻ると言い出して、今夜帰って来るのよ。

でも私だってここで働いているから、一緒に暮らす訳にはいかないでしょう。だから今日からホテル暮らしなのよ。不便な思いをして、宿泊代まで払わされるなんてまいったわ」

ご主人が早く亡くなってから、トミ子さんは奈々さんと2人暮らしだったから、本来は楽しい時間が過ごせるところだが、今回は無理だ。

「それはガッカリですね。でもコロナ感染者と長く一緒にいるのは大変だから、奈々さんにとって一番くつろげるトミ子さんの家に居るのがいいですよ。きっと免疫力も高まるから安心です」

「それはそうだけど、あの子が1人だけで居ると、家の中がどんなことになってしまうか。もう想像するだけでため息が出てくるわ。散らかしまくって片付けないから」

「えっ、奈々さんってそうなのですか？　いつもおしゃれだから、てっきりきれい好きだと思っていたけど」

「あの子は外ではきちんとしているのよ。だけど家の中ではだらしなくて、衣類だって、タンスから滝のようにこぼれて床に散らばっているのよ。私と一緒のときは自分の部屋だけですんだけど、今度は家中があなってしまうわ。あとが大変よ」

「結婚したから、少しは変わったのではないかな」

「どうだかね。どうもダンナが片付けているようだけど。あっ、そうだ。ミイちゃん

（トミ子さんの家のネコ）の餌だけは絶対に忘れないように毎日電話をしなくちゃ」

「そんなに心配だったら、トミ子さんが防護服を着て家に入って、ミイちゃんの世話をすればいいいのじゃない」

由美さんの大胆な意見だが、G《じい》はそっけなく答えた。

「奈々ちゃんが感染している訳じゃあないから、防護服までは必要ないだろう。マスクと手袋くらいはした方が安心だがね。そもそも防護服なんてものはここにはないぞ。先週、ＰＣＲ検査をしたときは保健所が用意して持って来てくれたのだからな。それにあんな格好をして近づいたらネコが驚いて引っ掻いて、あんな紙はすぐに破れてしまうだろうが」

「アハハ、防護服を着た先生の格好を思い出しちゃったら、おかしくて」

休校、イベント自粛

2週間の間、学校は休校、そして人が多く集まるイベントの自粛を要請する総理の会見があった。専門家会議の発表でも、これからの2週間が勝負との説明があり、世の中の雰囲気はガラリと変わった。飲食業など収入が激減する職種の人も多いはずだが、インタビューでは概ね仕方がないと受け入れているようだ。

もっとも、一斉休校に異を唱えるコメンテーターも少なからず居て、自粛による経済的打撃や、子どもの面倒をみるために仕事を休まなければならない親の負担などを訴えている。それはそれで、聞かされるとなるほどと思う私もいるが、やはり感染拡大の方がずっと怖いと考える医師の私の方が優勢だ。

それにしても、全国的に学校が休校になるのは、戦時中以来の出来事らしく、まさに非常事態に突入した観がある。いったいこれからどうなるのだろう、と私は不安になったが、G《じい》は意外と明るい顔で言った。

「あの人（テレビで話している専門家会議のメンバー）は知っている。大学の上級生だった」

知っている人がテレビに出ていることがうれしいのかと思ったが、そうではないらしい。

「これはひょっとして、もう見切ったのかもしれないな」

「見切ったって、何を見切ったのですか？」

「もちろんウイルスのことだ。ウイルスの特性が明らかになり、その弱点や有効な治療薬が見つかったのかもしれない。2週間というのはおそらく時間稼ぎではないかな。2週間の間に具体的な対策を練るのだろう、きっと。あの人は優秀だったから期待できそうだ。休校や自粛は大変だが、この要請は支持されるべきだな」

「わあ、それならいいですね」

G《じい》の話を聞いて、私の気持ちも明るくなった。

そして2週間後

テレビの会見で専門家会議の見解が再度示された。東京都内では感染経路不明の発症が増えており、市中感染の状況になってきたこと。いつオーバーシュート、すなわち爆発的拡散が起こってもおかしくないこと。そして、活動自粛のさらなる継続が望ましい。こういった内容だった。これを受けて、学校の再開も延期された。

この会見を見たときの、G《じい》の落胆と怒りはひどかった。

「何じゃこの会見は。こんなことを発表するための2週間だったのか。感染力の強いウイルスが一旦流行し始めれば、必ずこのような事態になることは最初から解り切ったことだろうに」

「本当に何も得るものがないですね、こんなことを聞かされても」

私はG《じぃ》に気を使いながら相槌したが、

「ハア〜ッ、期待した俺がバカだったよ。本当にガッカリだ。今の時点で公表して欲しいことは、これまでの追跡調査の分析結果だ。つまり、現時点で何名の濃厚接触者が居て、そのうちの何名が感染したのか。さらに感染者のうち何人が発症して何人が入院し、何人が重症で、何人が亡くなったのかということだ。そのことによって、このウイルスの危険度が明らかにされる。

テレビ、特にワイドショーなどでは、これまでに何人死亡したというような話題を、ことさら強調して報道しているから、とにかく新型コロナウイルスの恐ろしさばかりが先に立ってしまい、その脅威の程度を冷静に判断することができなくなっている。

専門家会議の役割は第一に、このウイルスに対して、どれほどのレベルで感染予防対策が医療現場で必要なのか、たとえばＰＣＲ検査を行うだけでも、頭から足までの使い捨て防護服が必要なのか、あるいはそこまでは必要ないのか、といったことをはっきりさせること。それを結論できないまま防護服が足りなくなったために、やむなく簡略化を勧めるようなみっともないことがあってはいけない。

そして第二に、活動自粛がこのウイルスとの戦いに得策なのか否かを見極めること。もちろん活動を自粛すれば、当然それに対応する一定期間は感染が抑えられるだろう。ただし、自粛を緩めたらすぐに感染者が増えるのであれば、本質的な効果があるとは評価できない。過半数の国民がウイルスへの抗体を得るまでは終息しないのであれば、自粛によって終息が遅れることもあり得る。

国を挙げての活動自粛が得なのか、個人の判断に任せながら経済活動を維持する方が得策なのか。それを判断できなければ政治家は失格だし、専門家会議の意味も薄れる。ただひたすらじっとしていろと言うだけならば、専門家会議など必要ないよ」

G《じい》はここで一息ついたが、私が何も言いそうもないと察すると、さらに話し続けた。

「一般的に感染症の危険度は、感染力の強さと致死率の高さの両面から判定される。致死率が高ければ、当たり前のことだが何が何でも感染を避けなければいけない。だから感染者の自由は二の次にしてでも強制的に隔離しなければならない。

一方、感染力が強く拡がりやすいが致死率が低い場合、活動自粛の可否には疑問がある。自粛効果が不十分なまま長期化すれば、経済へのダメージが大きい。命さえあればあとでどうにでもなる、とよく言うが、それはあくまで生活が破綻していないことが前提だ。

生活苦のために自殺する人は驚くほどに多いのだぞ。自殺までいかなくても心が病んで、家庭内暴力も増えるかもしれない。経済が死ねば国も死に人生も死ぬ。そのことを肝に銘じておかなければいけないよ。

ウイルスに感染するリスクと経済的リスク。お金に余裕がある人は、自粛を徹底してもらいたいと考えるだろうし、生活が困窮して明日にも破産しそうな人は、自粛どころではないだろう」

「うわ〜っ、難しい問題ですね」

「それからもう1つ、俺は臨床医として知りたいことがある。それは死亡者の剖検所見だ。日本では、感染のリスクを考慮して剖検はしないまま火葬してしまうだろうが、中国では最初の頃にはやっているかもしれない。国を代表する専門家であるならば、他の国の研究者から情報を得ることくらいできるはずだ。

死亡した患者の肺の中にはウイルスだけがいたのか、それとも細菌感染なども合併していたのか。それが判れば、コロナ感染流行期における発熱患者に対し、抗菌剤を積極的に使用すべきか否かを判断できるからな。

しかし、そんな情報は全く発表されないところを見ると、臨床医は専門家会議のメンバーには選ばれていないのかもしれないな。だとしたら、本当に寂しい話だよ」

休校①

「あれっ、高子さん。大丈夫ですか？」

「えっ？　有里先生、いったい何のこと？」

「だって、今週から学校は休校になったのでしょう。たしか子どもさんは２人ともまだ小学生ですよね……」

「ああ、そういうことね。うちは同じ敷地内に住宅とダンナの仕事場（自動車整備工場）があるからね。食事だけ用意しておけば、あとはなんとかしてくれるから。でも、私の場合はたまたま運がいいだけで、きっと大変な思いをしている親がたくさんいるでしょうね。やっぱり子どもを放っておいたままで仕事には行けないから」

「本当にそうですよ。大学病院でもフルには出勤できない職員が結構居るみたいで、どこも勤務のやりくりが大変らしいです」

「有里先生の病棟でもそんな感じなの？」

「やっぱり小学生、特に低学年の子どもさんが居る看護師は、やむなく休みを取らなければどうしようもないみたいです。幸いにも大学病院の看護師は若い独身者が多いので、その人たちの分をなんとかカバーしてくれているのですけど、あまり長くなるときついですね。それから家庭持ちの女医も増えているから……」

　ここで由美さんが会話に加わった。

「その点、私や有里センセーのような独り者は気が楽よね」

「たしかに自分の私生活に関しては気楽なのですけどね……」

「誰かが休めば、その分のしわ寄せが有里センセーたちに来るという訳か……」

「まあ、そういうことです」

「ああ~良かった。高子さんが休んだら、毎日朝から夜まで働かなければいけないところだったわ」

「ホント、由美さんはラッキーですね」

「へへへ。でも高子さん、ときには休んでもいいのよ、無理しないで」

そこにG《じい》が現れて、

「そうだな、あまり旦那にばかりまかせていては気の毒だな。高子さん、遠慮はいらないぞ。こんなときこそ有給を取りなさい。まだ何日分も余っているようだから。ここは由美ちゃんがいれば大丈夫。なっ、そうだろ」

「へっ?」

「へっ、じゃあないだろう。年寄りの俺が大丈夫なのだから。由美ちゃんは若くて体力も有り余っているだろうが」

「私は平気ですよ、私は。でも、労働時間があまり超過してはまずいでしょう。働き方改革とかもうるさいようだし……」

「それは平時のことだろう。今は非常時だぞ。そもそも総理自らが休校を要請したのだから、その後に起こる事態ぐらいは予想しているだろう。働けなくなる職員の仕事を残りの者が補おうとしたら、多少の無理を承知で働くしかないことぐらい解るだろうよ、なんぼなんでも」

「わかりました。私だってやるときゃあ、やりますから。高子さん、無理しないで休んでいいからね」

そう言いながら、由美さんは高子さんの顔をチラチラと見た。たぶん、その代わりにお菓子の差し入れをねだっているはずだ。

「心配してもらってうれしいのですけど、本当に大丈夫ですよ。子どもたちには、白分のことはなるべく自分でやるように教育するいいチャンスだし、私自身も家に居るよりは、ここで働いている方がストレスは溜まりませんから」

「そうか、じゃあそうしてくれ」

G《じい》は私にも、

「医局の方が大変なら、来週からしばらく休んでもいいぞ」

「いや、私もここに来るのが息抜きになりますから……（しまった！　気持ちが落ち着くと言うべきところを、言い方を間違えたと思ったが後の祭り）」

「なんだと、息抜きとはなんだ。息抜きとは……」

「いや、その、ちょっと言葉がおかしくて……その、気晴らしになる、でもなくて、とにかく気分が良くなるという意味です」

「まったく、最近はしっかりしてきたと思っていたのに。なんじゃ、その軽さは」

「あらら、有里先生。久しぶりに怒られちゃったわね」

なんだか久しぶりの感覚、学生時代に戻ったような気分になった。

休校②

診察室に入って来たのは小学5年生の星薇君《せいら》。最近多いキラキラネーム、しかも漢字のイメージからはどちらかと言えば女の子のようだ。大きな瞳と端正な顔立ちからも一瞬戸惑ってしまう。

数年前に初めて受診したときには、（母親の趣味で）ピンクの服を着た長髪の星薇君が女の子にしか見えず、高子さんが思わず「男の子ですか？」と確認したそうだ。それに対して母親は一言、

「保険証に書いてあるでしょ！」

とぶっきらぼうに答えたらしい。その態度にムカつきながらも、

「ああ、ごめんなさい」

と高子さんが応対したが、G《じい》がドカドカと奥から出て来て、

「こっちは間違いがないように確かめているのに、その態度はなんだ。他人の保険証を使って受診する者もいるのだから、初対面の相手に疑問があれば確かめるのが当たり前だ。ファッションは個人の勝手かもしれないが、男の子には見えないからしょうがない。何か特別な事情があってのことならばきちんと教えてもらいたい。

それからな、書いていればわかるという理屈なら自分自身にも言えばいい。入り口には『受付は午後7時半まで』とか『ガムやあめ玉を口に入れて中に入らないで下さい』と書いて貼り出しているだろう。読んでいないのか、それとも読んだけど守る気がないのか、いったいどっちだね。

ここにはここのルールがある。クリニックの中ではきちんと守ってもらおうか。あんただって車の中を土足禁止にしているのだろうが」

実際、診察終了直前の飛び込み受診なのに母親は悪びれた様子もなく、口の中でガ

ムをくちゃくちゃ噛んでいたらしい。

そのときのことを高子さんが、

「あのときはさすがに私の方がビビったわ。最後には相手が気の毒になったくらい。でも、先生らしいでしょ、礼儀知らずが大嫌いなところや、何と言っても駐車場に停めた車から靴を降ろして履いて来るところまで見ていたなんてね」

と話したところで由美さんが、

「それが今ではお互い気が合って……」

G《じい》の剣幕に驚いた母親の英里《えり》さんは、口の中のガムをティッシュに吐き出して、

「どうもすみません」

とすぐに謝ったのだ。

するとG《じい》は感心して、すっかりこの若い美人が気に入ったらしい。

その頃と比べてずいぶん背が伸びた星薇君は、髪もショートカットとなってすっかり男っぽくなった。運動も得意で勉強もできるらしい。これは将来モテモテだろう、

なんて想像してしまうジャニーズも顔負けの美少年だ。

「今日はどうしたのかい？　おや、少し熱もあるじゃあないか」

G《じい》がそう言うと、

「ボク、どこも出かけていませんよ。きちんとあそこ（クリニックの入り口）で手も消毒したし、マスクもちゃんとつけています」

「コロナじゃなさそうなのはわかっているから大丈夫、それでどこが悪いのかな？」

「昨日の夜から急に寒気がして、それから1回吐いて、5回くらい下痢もしました」

「寒気の後に吐き気がして吐いて、下痢を繰り返したのだね。水のような下痢かな？」

「そうです」

「どうやらウイルス性の胃腸炎のようだな。整腸剤を処方しておくから、自分の部屋でじっとしておくのだぞ。明日まではポカリとお粥だけ、みんなと一緒に食事をしないように、学校は……ああそうだった、まだずっと休校だったたね。毎日どうやって過ごしているのかね、ひょっとして勉強しているのか。まさかゲームばかりしているのじゃないだろうな」

「この子は勉強好きで、自分で問題集をやったりいろいろ本を読んだり。下の子は全然ですけど」

「それは偉いな、星薇君は」

「本当は外で友達と遊びたいけど、あまり出ないように先生から言われているから仕方ないです。でも、図鑑を読んでいたら宇宙のことに詳しくなりました。ボク、将来はＮＡＳＡに行きたいです」

「ほう、新しい目標を発見したね。休校も悪いことばかりではなさそうだ」

「ねっ、先生。この子ってすごいでしょ！　いったい誰に似たのかしら」

「あんただって元々は頭も良かったはずだぞ、ただ勉強が嫌いだっただけで。それも本当に嫌いだった訳ではなくて、親に反抗したり先生が嫌いだったことが原因だろう。二人とも顔立ちはよく似ている。決してバカの顔ではない」

「そんなの初めて聞きましたよ。バカの顔とかあるのですか?」

「ある。なんとも締まりのない顔だ。あんたは脳がきちんと働く顔をしている。自分でも美人なのは知っているだろう」

「いや、そんな。美人だと褒められるとうれしいな」

「まあたまには褒めないとな、子どもたちも素直に育っているじゃあないか。なかなかたいしたものだぞ、シングルマザーでこれだけ頑張るのは。ところでどうだね、やっぱり休校だと仕事に影響するかね」

「私は実家で母と暮らしているからそんなに影響はないけど、周りの人は大変そうですよ。それに、学校の授業も終わっていないから、その分がどうなるのか心配で」

「星薇君のように自分で勉強している子にとっては、たとえ休校でもあまりハンディにはならないだろうけどな」

「それはそうですけど、未実施分の補習をするから夏休みが短くなるかもしれない、という噂もあるし、そんなの子どもたちがかわいそうだと思いませんか」

「それは気の毒だな、まったく。本当にそうだとしたら無策だわ。いくらでもやりようがあるだろうに」

「たとえばどんな？」

「まず手っ取り早いのは、今度のように国からの要請によって休校にした分は、気前よく一律実施したことにすることだ。それではダメだと言うならば、自宅学習でＯＫとすることだな」

「でも自宅学習になれば、保護者に役割が回って来て大変になりそう」

「だからな、政府や文科省がいろんなテレビ局に協力を要請すればいいのだよ。できる限りの放送枠を空けて、小中学校の授業を放送するように。講師には学校の教師を当てればいい。学校によって授業の進み具合は違うかもしれないが、そんなことは無視して、とにかく授業が終了したという実績を作ることが大事だ。なにしろ義務教育なのだからな。

インターネットを通じての授業もあり得るが、タブレットやパソコンを持っていない家庭も多いだろう。テレビだったら、どこの家庭にもあるはずだ。それこそ番組の大半は不要不急のつまらないものだらけだから、こういうときこそ子どもたちの役に立てるべきだ。そう思わないかね」

「たしかに最近のテレビって、見ていてちっとも面白くないわ。学校の授業をテレビでやってくれればうれしいけれど、実際にやってくれるかどうか。やっぱり無理かなあ、放送権とかいろいろあるのでしょう」

「最初からあきらめてはいかん。ＰＴＡで意見をまとめて、まずは教育委員会あたりに働きかけてみたらどうだ。ＳＮＳを利用するのもいいぞ。子どもを持つ親の意見として賛同者を集めて、それこそ選挙の行方に影響するような力を示せば、きっと追い風が吹く。

今、見るに堪えない政治家が多いのは、有権者を舐めていて緊張感がないからだ。だからいつも口ばかりで、具体的な行動を起こさない。いざというときに役に立たない連中は、母親たちの力で断捨離してしまえ」

「ハハ、先生の話って面白い。でも本当にそうだわ。愚痴を言うくらいなら行動しなければね。私、頑張ります。子どもたちのためだから。だけど、先生は母親たちの力って言ったけど、父親の立場は？　今どき、男女差をつけると何かとうるさいけど」

「いざというときには女の方が強いよ。特に出産したことのある女性は強い。出産には覚悟を決めて臨むしか道がないから、それを乗り越えた体験は大きいよ。あんただって、もう何度も大事な決断をしてきたはずだ。

働かない元ダンナも自分の人生から断捨離して、自力で生計を立てているのだろう。それに比べて男の場合はいくじがない。すごく頼りになる者もいるが、多くはなかなか覚悟が決まらない。困ったときに頼れるのは何人かの親友だけだな。女は覚悟を決めて守り続けるよ、自分にとって大事な人ならば」

これが景気対策？

「全くバカにするにもほどがあるって、そう思いませんか先生」

G《じい》と気心の知れた自動車会社の社長、芳賀晶さんが怒っている。各家庭に商品券を配るという提案についてだ。

「ひと月以上も収入がほとんどゼロで、苦しい思いをしている人たちにたった数万円の商品券を配ってどうするんだっちゅうの。『現金を配っても貯蓄に回すけど、商品券なら使うだろう』だって、本当に『ピ～』（『ピ～』は放送禁止用語です）ですよ、あの『ピ～』（これもすごい放送禁止用語）は。国民を舐めているとしか思えない」

社長は顔を真っ赤にさせながら鼻息荒く話し続けた。

「真っ先にやることは、収入がなくて困っている人への補助ですよ。現金で早急に。そもそも景気が悪いのは自粛しているからでしょう。公務員や生活保護、年金などの固定収入がある人は、むしろお金は余るでしょう、外出しなければ。

だから国民みんなに商品券を配ったところで、景気対策になるはずがない。商品券は贅沢品ではなく、日常品に消えるだけですわ。

さっきスーパーに寄って来ましたが、買い占め客でごった返しですよ。全くピンぼけですよ、考えることが。まあ、ボンボン育ちの政治家に期待してもしょうがないけど、なんか最近はニュースを見るたびに腹が立ってきますよ」

「全く社長の言うとおりだ。俺が付け足すことは何もないな。それにしても、自粛を要請している間は議員給与をカットするくらいのことをして、自分たちも少しは痛みを分かち合えばいいのに、与野党とも提案した様子はないな」

「そんなことするはずないでしょう。議員数だって減らすと公約したのに減らさないし、自分たちが損をするようなことはしないのが今の議員さんですよ、俺たちが子どもの時代はもっと気骨を感じる人がいましたがね。

最近は、ちょっと都合悪くなると隠れてしまう甘ちゃんばかりで。もし、自分たちの給与をカットする政党があったら、俺はこれからずっとその政党を応援しますけどね」

「ところで、社長のところもコロナの影響を受けているかね」

「そりゃあ、やっぱりお客さんは減っていますよ。収入が減ると解っているのに車を買おうする人はいないし、それに世の中がこんなに暗いムードだと、たいていの人は車で出かける気分にもなりませんからね。このまま自粛が続いたら、だんだんきつくなりますよ、ウチのような小さいところは。日用品だけですわ、バンバン売れ切れているのは」

「そうか、社長も苦労しているのだな」

「そのとおりです。だからって訳ではないけど、実は先生にバッチリ似合いそうな車があるのですけど、どうです？　あのベンツは義弟さんに頼まれて売ってしまったのでしょう。あれよりもっといいのがありますよ。コロナを気にする患者さんたちで、儲かっているのでしょう、先生は」

「何言っとるか、例年になく患者さんは少ないよ。むしろコロナを用心してクリニックにも来たがらないからな。たしかにクリニックの待合室なんて危険そうだからね。それにコロナが出てからというもの、インフルエンザはバッタリ止まった。今年は収入もかなり減るだろうから、残念だが車を買えるところまでいきそうもない」

「ええ〜っ、そんな。期待していたのになあ。じゃあ、先生、ちょっとだけでも見てみませんか。見るだけ」

「いや、やめとこう。見たら絶対欲しくなる」

「それが狙いなのだけどな……それじゃあ、有里先生はどうですか？　先生は給料取りだから、懐事情は変わらないですよね。きっとバッチリ似合って、カッコイイですよ、テレビに出て来る、できる女医みたいに」

「いやいや、私にはあのレヴォーグがありますから」

「そう言わないで、スバルも工場を閉鎖してしまったことだし、ねえ、見るだけでも」

社長も業績が悪化しているせいか、いつもにまして結構ねばる。その顔がなんとも愛嬌があって、ついこっちも釣られてしまいそうになる。これも商売の秘訣なのかもしれないと感心している場合ではない。危ない、危ない。

想像力と実行力

「このまま夏までコロナが終息しなければどうなると思う?」

G《じい》が話しかけているのは、痛風で通院している田中英男さん。G《じい》の後輩で昨年の選挙で市会議員に初当選した。キャッチフレーズは「市民の未来を守ります」だったらしい。

「そりゃあ、大変なことになりますよ。生活困窮者もどんどん増えるでしょうし、医療崩壊だって起こりかねないですから。自粛をずっと続けるのは大変ですけど、皆さんで力を合わせて頑張らないといけません」

「それだけか?」

「ヘッ？　それだけかって言いますと」

「そのときに備えての準備はしているのかね。あっという間にそのときが来るぞ」

「そのときって？」

「昨年の大洪水をもう忘れたのか？　堤防が決壊して、５千人以上が避難しただろうが」

「それはよく覚えていますよ。だから堤防の工事だって進めているし……」

「でっ、完成しているのかね？」

「それはまだ。予算が下りたばかりですから」

「つまり昨年と同じ量の雨が降れば、また同じことが起こるという訳だ。そうだろう」

「いや、それはそうですが。あれは何十年かに一度のことだったから、そうそう何度もあるとは……」

「またバカなことを言って、そういうのを危機感が欠如しているというのだぞ。いいかね、何千人もの住民が避難することになったら、行き先は体育館や公民館しかないのだろうが、未だに。あれほど、緊急避難施設を造るべきだと進言して来たのに、誰一人本気で取り組んでくれなかったからな。

まあ、平和ボケした日本の政治家たちの頭には防空壕もないし、原発事故が起こってからも、核シェルターが必要とは考えないようだからな。自分たち特権階級の分が用意されていればそれでいいのだろう」

「私は特権階級ではありませんから」

「そんなことは知っているよ。それよりもどうするつもりだね、狭い密閉空間でものすごい人数が一緒に生活する事態になったら。それまでの自粛の努力など一瞬で泡と消えて、コロナ感染が爆発するぞ。今すぐ動かなければ時間がない。とにかく動けよ、それが議員の役割だろう」

「わかりました。さっそく、議会にかけて市長に対策を問いたいと思います」

「違う、違う。どうもまだ解っとらんな。いいか、『どうするつもりですか?』と問いかけることが仕事と思っていてはダメだ。一人一人が『自分ならばこうする』と考えて、意見を出し合わなければ先に進まない。市会議員ならばそれぞれの地区ごとに支援者がいるはずだから、その人たちの協力で情報を集めればいいじゃないか。廃校になった校舎や空き店舗、空き家などいくつもあるだろう。広い敷地と教室がたくさんある学校は、パーテーションで区切るだけでかなりの人数が生活できそうだし、感染者の収容施設にも利用できる。

本格的に手を加えれば、臨時病院にすることもできるだろう。大きな屋根のあるガソリンスタンドなんか、ＰＣＲ検査のドライブスルー施設にはもってこいだぞ。こんなふうに、目的によって使い分ければいい。ちょっと補修すれば使えそうな建物の一覧を、まず自分たちで作ってから、市長には提案することだな。これを遅くても1週間以内にやる」

「1週間以内はちょっときついなあ」

「一覧表にするだけだぞ。情報収集に5日、それをパソコンに入力して印刷するのは

2日で十分。電話もメールもある時代に、これくらいのことができなければ能力を疑われるぞ」

「わかりました。他の議員が動いてくれるかどうか判らないけど、ともかくやってみます」

「何じゃ、そのへっぴり腰は。ちょっと待っていろ」

G《じい》は引き出しから紙と万年筆を取り出して、サラサラと何か書いて田中さんに渡した。

「これを机の前に貼っておけよ」

私は気になって田中さんの背後から覗き込んだ。紙には、

『何かをやりたい者は手段を見つけ、何もやりたくない者は言い訳を見つける。——アラビア人の言葉』

と書かれていた。

閉店前夜のコロナ談義

今日、G《じい》のクリニックは午後6時に診療を終えた。G《じい》の親友である森松先生と旧交を温める予定なのだ。森松先生は東京から出張して来る前に、念のため自分の研究所でPCR検査を行い、陰性を確認した上で、G《じい》に連絡したそうだ。私とT君も同席できるらしい。

この御時世に外食するのはちょっと気がとがめるが、実はG《じい》が贔屓《ひいき》にしている居酒屋が、コロナ騒動で客足が遠のいているため、明日からしばらく閉店するらしい。今夜は貸し切りで、他のお客さんは来ないとのことだ。

「こんばんは源さん（居酒屋の店主の名前）、わざわざすまないね」

「いや、ホント助かりましたよ。せっかくの食材を廃棄しなければいけなかったから。今日はとっておきの肉もサービスしますから。お連れさん、先におみえですよ」

「よお、待たせてすまん」

「いや、俺もたった今来たところだ」

「久しぶりだが元気そうだな、森松。お前、ずいぶん貫禄がついたな」

G《じい》はいきなり森松先生のお腹をたたいて笑った。

「そういうお前だって、もう白髪だらけじゃないか」

「これでもいろいろと頭を使っているからな。森松みたいに最先端にいる訳じゃあないけど、今の御時世、開業医だってボーッと生きてはいられないのだぞ。そうだ、こっちは俺の一番弟子の……」

「初めまして、山谷有里です。専門は血液内科です」

「ボクは山谷さんの同期で、Tと言います。救命救急をやっています。今日は、ご高名な森松先生と一緒の席に誘っていただいて光栄です」

「救命救急ということは、今中君のところだね」

「ハイ、そうです」

「今中にも声をかけたのだが、どうしてもはずせない用事があるそうだ」

「あいつも忙しそうだからな。相変わらず現場で指揮をとっているのかい？」

「ハイ、今中先生はずっとバリバリの現役です。まだ空も飛んでいます（ドクターヘリに乗り込むという意味）」

T君が緊張気味に答えると、G《じい》は森松先生のことを紹介してくれた。

「森松は世界が認める遺伝子治療の第一人者で、彼の研究はこれまであきらめるしかなかった神経難病の治療に効果を発揮している。しかし大学からの予算は少なくて、それだけでは研究や患者さんの治療を進めることができない。そこで自分で会社を立ち上げたらしい。

俺は詳しいことは解らんが、とにかくたいしたものだよ。母校の教授にとどまらず、T大学医科学研究所の特任教授も兼任している。何度かテレビにも出ているが、見たことないかね」

「いや、私は見たことありませんでした。どうもすみません」

「ボクはチラッと拝見したような気がしますけど、何も覚えていません。あの、今中先生が出演した救命救急の内容はバッチリ見たのですけど」

「いいよ、専門外の人にとって遺伝子治療の世界はちょっと取っ付きにくいからね。それよりも早く乾杯しようじゃないか」

「それじゃあ俺から一言。森松、お前の活躍ぶりを誇らしく思っている。俺も刺激を受けながら、それなりに地域に貢献しているつもりだが、今日はこの田舎者にいろいろと話を聞かせてくれ。

そこの若い2人も、遠慮せずに聞きたいことがあれば何でも尋ねるように、滅多にない機会だからな。気心が知れた者同士、楽しくやろう。それでは、乾杯！」

「乾杯！」「カンパ～イ」……

さっそく私は質問した。

「あの、新型コロナウイルスに感染した場合、抗ＨＩＶ薬やアビガンなどを早く内服した方がいいのでしょうか？」

「なんだ、いきなりコロナの質問か。森松、どう思う？」

「俺も感染症の専門ではないからよく判らないけど、たしかに効果は期待できるだろうね。しかし、副作用もそれなりにあるからね、どちらも。

アビガンは催奇形性が問題となって承認が遅れ、結局は新型インフルエンザへの適応は認められたものの、一般的な季節性インフルエンザには使用できない。やはり今はまだ慎重にならざるを得ないのが現状だろう」

「まして新型コロナウイルスへの保険適応はないからな。そうなると薬代は自費になるが、ここで面倒なのは、厚労省が混合診療（同じ患者に対して同時に保険診療と自費診療を混合して行うこと）を一切認めない態度を厳格にしたときだ。そうなれば医療費の全額を自己負担するしかない。

入院治療ともなればかなりな額になるから、それを自己負担できる者なんか滅多に居ない。一般人は保険適応にない薬は使ってもらえないな」

Ｇ《じい》はいかにも現場の医者らしい観点からコメントした。

「そのあたりは、いくら厚労省の役人でも柔軟な対応をみせるだろう。国難を乗り切るためだから、総理が望めば忖度するよ」

「忖度か、本来の意味は思いやりのある行動だったな。ところで、新型コロナウイルスの遺伝子構造に、ＨＩＶの配列に一致するものが４つ入っているらしいが……」

「ウン」

「それで抗ＨＩＶ薬が効くのかな？　それに一度ＰＣＲ検査で陰性となった後に、再び陽性となることがあるのも、その遺伝子の特性なのだろうか？」

「俺もそこのところは疑念を抱いているがね。しかしお前、よく知っているな。開業してからも医学論文をチェックしているのかい？」

「いや、自分の仕事で精一杯だ。体力・気力のギリギリまで働いているから、そんな余裕はないよ。ブレーンが居るのさ、俺にも」

「そうか、今度会ってみたいものだ、そのブレーンに」

2人の会話が途切れるところを待っていたT君が、

「ボクも聞きたいのですけど、どうしてイタリアではあんなにコロナの死亡者が多いのですか？　単純に医療体制の問題なのですか？　挨拶にキスやハグをする習慣も悪いと言われていますが……」

「たしかに欧米では、お互いの距離が日本人とは比べ物にならないほど近いからね。感染リスクはずっと高いだろうね。マスクをする習慣もないし、一気に拡がっている要因だと思う。医療もほぼ崩壊して、人工呼吸器をつけることができないまま亡くなっている人も多いそうだ。

それから、向こうで拡散しているウイルスはL型が多く、日本で流行しているS型より病原性が強いから、その差もあるだろうね」

「そう言えば大学病院に入院した5名のうち、退院が延びている2名はどちらも海外からの帰国者です。1人はヨーロッパで、もう1人はアメリカ（T君は確認するような目で私を見た）」

「要するに日本の方はあまり強くないウイルスってことか。だとすると、ヨーロッパで流行しているウイルスが日本に入る前に、今のウイルスに感染して免疫をつけておいた方が得策なのかな」

「いや、それはまだ何とも言えないな。S型に対する抗体がL型に効果を発揮するのかどうかは、まだよくわからない。それに、わざわざ自分から感染するのは危険だろう。俺たちはもう重症化しやすい年齢なのだぞ。体力には自信があるかもしれないが、少しは自覚しろよ」

「半分冗談だ、俺にも少しは常識ってものがあるよ」

「まったく、若い頃からドン・キホーテのように生きて来ているからな、お前は。本当に実行しそうで心配になるぞ。ん？　ちょっと待て。残り半分の本気もさっさと棄ててしまえ、危ないから」

「あのう、日本で重症者が少ないのは、ＢＣＧ接種の効果もあるのではないか、という話もありますけど、それはどうなのですか？」

　今度は私が尋ねた。

「そうだね、それも指摘されているね。一般的な予防接種ワクチンは、特定の病原体に対する抗体を作らせるのだが、ＢＣＧの特徴は自然免疫力を高める効果があるところだ。

　つまり結核に対する抵抗性だけでなく、他の病原体に対しての抵抗力も高める効果があるので、コロナウイルスに対しても効力を発揮しているのではないかという理屈なのだよ。

　しかし、これはあくまで統計上の一致について仮説を立てているだけで、因果関係がきちんと証明されている訳ではないのだよ」

「そうだといいなと思っていたのですが……」

「しかし、あながち間違いではないかもしれないね。日本国内で死亡者数が少ないのは事実だから」

「でも森松先生、日本の症例数が少ないのは、ＰＣＲ検査があまり行われないから、実際よりもずっと少なく報告されているだけで、実際はもっと多いのではないですか？」

Ｔ君がそう指摘すると、Ｇ《じい》は私に目配せしながらニタッと笑った。

「Ｔ君、たとえ検査数が少なくても、死亡者の数はきちんと報告されているはずでしょう。感染者数はたしかに少ないかもしれないけれどね」

「あっ、そうか。日本で死亡者数が少ないことは間違いないのか。またミスっちゃったな」

「私もこの前勘違いして、先生に教えられたのよ」

「ＢＣＧが効果的であるならば、丸山ワクチンも効く可能性があるな。あれも自然免疫を高めて癌を治すという理論で、使用しているのは結核菌だから。

ところで、なんだかコロナの話ばかりだな。まあ、一番ホットな話題ではあるけど、せっかく森松教授が目の前にいるのに、遺伝子治療の方は興味ないのか？」

私とT君は顔を見合わせて黙ってしまった。本当に何をどう尋ねていいのか見当もつかない。

するると、森松先生が鞄からｉＰａｄを取り出して、ある子どもの動画を見せてくれた。全身の筋肉から力が抜けた感じで、自分の力では寝返りもできない状態だ。

「この子は先天性の神経疾患で、見てのとおりの状態だけど、遺伝子治療によってここまで改善したのだよ」

次に森松先生が見せてくれた動画には、元気に這い回っている子どもの様子が映っていた。

「どうだ、すごいだろう。どれ、もう一度見せてくれ」

Ｇ《じい》はまるで自分の手柄のように自慢したが、

「本当にすごいな。どこをどうやったのか、俺にはよくわからないけど、論より証拠だ」

「先生が解らないのだったら、私たちが解らないのも無理はないですよね」

「バカたれ、それは違うだろう。若者にはこの先いろんな道があるのだから、何事にも、興味を示してきちんと理解しなければダメだろう。あとで森松の論文を送ってもらうから、頑張って読むのだぞ。読んだら俺にも解るように解説してもらおうかな」

　これは厄介なことになってしまった。それに、ひょっとしたらG《じい》はわざと解らないふりをしているのかもしれない。いや、その可能性は十分にある。

「なんだ、浮かない顔をして。知識を得ることに喜びを感じられないのか？」

「いや、そういう訳ではないのですが……」

　このときタイミングよく、源さんが大きな皿をかかえてやって来た。

「ハイ、特上の牛ロースをどうぞ。こっちはとっておきのレバーです。コリコリと歯ごたえがあって、最高ですよ。レバー食べれば～なんてね、どうも失礼」

「毎度、そのしゃれを言わないと気がすまんのか」

「へへへ、先生、お飲物のおかわりは？」

「じゃあ生ビールをもう一杯。森松は？」

「日本酒がいいな。何がありますか?」

「それならお勧めの地酒がありますから、すぐにメニュー表をお持ちします」

「私はチューハイを」

「ボクも同じで」

それからまたコロナウイルスの話題になった。

「ボクは政府の対応が遅すぎるし、甘すぎると思うのです。外国ではＰＣＲ検査も徹底して行い、行動も厳しく制限して、都市封鎖までやっていますからね。記者会見を見ていても頼りないし、自粛要請で収入が減った人たちへの保証も全然始まらないし、なんだか腹が立ちますね」

「救命救急医のＴ君にとって、このスローペースはあり得ないだろうな」

「本当にそのとおりです。人の命って軽々しく口にしているけど、処置が遅れれば助かる命も助かりませんからね。現場では使えませんよ、あの人たちは」

ここで、飲物を運んで来た源さんが会話に割り込んで来た。

「俺たちは生活がキツキツだっていうのに、議員さんが自分たちの給料を減らしたという話も聞きませんよね。自分から報酬カットを提案したり、募金活動をしているスポーツ選手は多いのに。

議員手当は俺たち国民の税金から出ているのだから、税収が減れば手当も減らさないと。それなのに自分たちは満額をもらい続けて当たり前だと思っているのだから、人の上に立つ資格なんてありませんよ、まったく」

「源さんの言うとおりだ。しかし残念だが、そんなメンタルの持ち主が出世するようにできているのだよ、特に最近は。大学でもそうだろう、森松」

「本当に優秀な者もいるけどね、処世術だけでポストを確保していく奴もいるのは事実だ。そして一旦自分がトップに就いてからは保身ばかりが気になって、若い人の研究を邪魔したり、ひどいときは手柄を横取りすることもある。ドラマの世界ではなく、実際に起こっていることだよ」

「それ、最悪ですね。その点、ボクは恵まれています。今中先生は自ら先頭に立って、リーダーシップを発揮されますから。あ～あ、それに比べて政治家は。誰でもいいから立派なリーダーに登場してもらいたいです」

するとG《じい》が、

「リーダーと言えば、T君は戦国武将の中で誰が好きかね」

「ボクは豊臣秀吉かな。百姓から天下人に出世するなんて夢があるし、なんだか親しみやすいから」

「私は圧倒的に信長です。やっぱり戦国時代のド真ん中に居たのは信長でしょう」

「山谷さんは信長か。なんだかボクとの力関係が反映されているな」

「森松は誰だ?」

「俺はこれといった贔屓はないが、やっぱり地元に近い真田幸村だな」

「あっ、真田幸村もカッコいいですね。ボクも幸村の方が好きかも」

「ダメよT君、フラフラした態度は。先生は誰ですか?」

「信長だったが、先に言われてしまったからな。上杉謙信と言いたいところだが、あとの話が難しくなるから、徳川家康にしておこう。俺のイメージには合わないけどな」

たしかにG《じい》と家康は全く結びつかない。謙信の方が近いが、あとの話ってなんだろう。

「そこでだな、自分の選んだ武将が今のコロナ危機に臨んだとしたら、どのような方策をとるだろうか、その武将になったつもりで考えてくれ」

「それなら、ボクの答えは簡単です。秀吉だったらお金に糸目をつけず、困っている人たちにどんどんバラ撒くと思います」

「それはいいが、ウイルスに対してはどう立ち向かうのかな」

「秀吉は城造りの名人でもあったから、きっとあちこちに新しい病院を建てまくって、感染者が増えても大丈夫なように対応するでしょうね。ほら、美濃攻めのときにも猛スピードで城を造って、敵にアッと言わせたでしょう」

「さすがに秀吉はやることがでかいな」

「へへへ」

T君はすっかりその気になって自慢顔だ。

「森松の真田幸村もなんとなく想像がつくな」

「やっぱり『真田丸』だろうな。病院の外に別の診療スペースを造り、そこで感染者に対応する。決して城の中では戦わない。そして野戦もいとわない。つまり、感染者が増えればプレハブやテントの仮設でも対応する。これだったらたいした費用もかからないだろう。

肝心なのは本丸の外で戦うことだね。そして医療従事者も外から広く募集する。城の中のスタッフとは分ける必要がある」

「淀君《よどぎみ》や大野《おおの》治長《はるなが》みたいな奴が、いちいち口を出すかもな」

「実際にそうだよ。予算は出さずに口は出すからたまらんよ」

「だから自分で会社を立ち上げたという訳か、まさに真田丸を地でいっているな」

「それで、お前の家康はどうだ？　まさか鎖国でもするのか」

「いや、鎖国は家康ではなく二代将軍秀忠のときに始まったのだけどな。それはともかく、江戸時代は日本史において最も長く安定した時代だが、その基本は徹底した統治体制だろう。コロナウイルスに対しても徹底して押さえ込もうとするだろうね。

人が移動するのも許可制にして、要所要所に検疫所を設けて、感染が疑われる者は一時収容するとか、諸外国のやり方に近いだろう」

「なんだか自由まで奪われそうで、それも怖いですね」

「要は、その国のリーダーがどれくらいの危機感を持っているかということだ。平時には個人の自由が優先されても、緊急事態の場合には制限されるのはやむを得ない。家康のやり方だと経済は冷え込むだろうが、清貧の精神で民衆に耐えさせるのではないかな。だけど全然面白みがない、やっぱり家康は俺には合わないな」

「だったら無理に家康にしなくてもいいのではないですか。先生は古狸にはなれないでしょう」

「いやいや古狸と言われているが、家康はもっと尊敬すべき武将だよ。いいかね、大阪夏の陣に勝利した徳川と、滅んだ豊臣との決定的な差は何だったと思うかね？」

「それは最初から戦力に大きな差があったから、ではないですか？」

「大阪方は家康から既に追いつめられていて、戦う前から負けていましたからね」

するとG《じい》は意外なことを言った。

「勝敗がついた後から考えるから、あたかも徳川の方が圧倒的だったと思うのだろうが、家康の本音は危機感で一杯だったのではないかな。少なくとも最初の冬の陣までは、どっちが勝つか判らない状態だったはずだ。

何と言っても豊臣には秀吉が残した莫大な財力があった。それをふんだんに使って大砲を買い集めて城からぶっ放し、プロの野戦集団を雇い入れてゲリラ戦に持ち込み長期化させれば、最終的に勝つ可能性は十分にあった。

その金を惜しみ、そして切り札であるべき秀頼が城に隠れたままだったことが敗因だ。リスクを冒さずに勝てるはずがない。

対して家康は、老体に鞭打って自ら戦場に赴いた。家康が強い危機感を持っていた何よりの証拠だ。たとえ数は多くても戦《いくさ》経験のない者が大半だったから、一旦劣勢になればもろいことを知っていたのだろう。

だから自分が現場に居て目を光らせておく必要があった。20歳の秀頼が城の中で布団に寝ているときに、70歳の家康は寒さに耐えて野宿をしている。まさに家康は武士の頭領にふさわしい、正真正銘のリーダーだ。

幸村は家康を嫌っていたと言われているが、本当は戦場に出向いて来る家康に敬意を感じたのではないかな。屁理屈ばかり並べて動かない大阪城の官僚たちとは覚悟が違う。家康と幸村は互いに敵ながらあっぱれと思ったはずだ。

だから家康は何度も幸村に使いを送り、幸村は家康の本陣を目指してまっしぐらに突き進んだ。あと一歩まで追いつめながら討ち死にしたが、ひょっとしたら本当は家康を討ち取ることもできたのかもしれないな。自分を高く評価してくれた家康と目が合ったところで、自分の戦いを終わらせたのだと思うがね」

「なんだかすごい自説を語っているが、コロナからはかなり離れたぞ、お前」

「すまん、戦国武将の話になると我を忘れてしまう。ともかく家康は危機管理能力が高かった。忍者も重宝して情報を広く集めて戦略を立て、機を逃さずに実行した。そして家臣を信頼した。だからコロナに対しても初動から厳しく行っているよ。中国で感染者が出たことをいち早く知り、すぐに入国を禁じただろう。病院の中にウイルスを入れるような下手《へた》はしない。まあそんなところだ。でも家康は堅実すぎて、やっぱり話のネタとしては面白くないな。さあ、それでは真打ちとも言える信長の登場だ。これは期待できるぞ」

私はずっと考えていた。信長はやることが激しいからなあ……やっと結論に達したものの私自身の人格を疑われそうで、ちょっとためらっていると、

「山谷さん、信長はヤバそうだよね。なにしろ『鳴かぬなら　殺してしまえ　ホトトギス』だからね」

「そうね、もし私が信長だったら、きっと秀吉に全部やらせるわね。1週間で病院を

造れ、薬を見つけろ、医者や看護師をすぐに集めて来い、などと命令して終わり！」

「うわっ、それボクがやらされるの？　できなければ、鳴かないホトトギスの運命か」

「こら、もっと真面目に考えろ」

「わかっていますけど、我ながらよくこんなこと思いついたな、とビビってしまって」

「いいから言ってみろ。歴史小説はよく読んでいるから、信長にも詳しいだろう」

「それじゃあ……最初にことわっておきますけど、これはあくまで信長としての考えですからね。

信長は尾張一国の城主から天下人にまで上り詰めましたが、それを可能にしたのは、身分を問わずに採用した有能な家臣の存在と、楽市楽座による経済力だと思うのです。戦に勝ち続けて領土を拡げることができた原動力も、どこの国よりも大量の鉄砲を買い占めることができたことが大きいと思います。それまでの固定観念にとらわれず、人も武器も優れたものは高く評価しながらとことん使いました。

でも一方、冷徹なところがあり、古参の家臣でも使えない者はあっさりと切り捨てています。目的のためには決して妥協しない信長が真っ先に優先することは、国のダメージを最小限に防ぐことでしょう。となれば、信長は次のように考えるのではないかと思います。

新型コロナウイルスによってどれくらいの人が犠牲になると予想され、そのときの国力のダメージはどれくらいなのか。そして、ウイルスを閉じ込めるのにはどれくらいの経済活動制限が必要で、そのときの国力はどれほど低下するのか。その2つを天秤にかけて、国力が弱らない方をとるはずです。そこで日本での致死率から結論を出すと、活動自粛を命令することはせず、自分の身は自分で守りながら働け、が基本になるのではないでしょうか。

「数パーセントの民を失っても、国力にはほとんど影響しないと割り切るか。経済のダメージによって国力が低下すれば、敵国の脅威が一気に増すからな。もっともな意見だ」

「それだけではなく、感染した者たちを本願寺に潜入させるかもしれません。そうすれば一揆どころではなくなるから」

「それすごすぎる。なんだか山谷さんが怖くなってきた」

「だから信長だったら、という仮定の話でしょう、T君」

「まあ、考えたのはここに居る女信長だがね」

とG《じい》が言えば、森松先生も、

「いや、信長のやり方は正しいのかもしれない。感染症の専門家の中には、強い感染性があって致死率が低いウイルスの場合、むしろ一気に拡がって大多数が免疫を獲得した方が、ある程度の犠牲は出るが結果的には早く終息する、という意見もあるからね」

「それは一理あるのだよな。しかし今の日本でそんなことを口にしたら、間違いなく大バッシングだろう。まあ、そんなに腹の据わった政治家も居ないだろうし」

「だが、市中感染が拡がってから自粛をしても、感染者の減少は一時的なもので、再び活動を再開すればまた感染者は増加する。そこでまた自粛を繰り返すことになるのだが、これがいつまで続くのかわからない。そうなればどこかのタイミングで、自己責任で感染防止をしながら活動せざるを得なくなるだろうね。結果的には抗体を持つ者が増えて終息に向かうが、問題なのはその間に医療崩壊が起こることだな」

「だからこそ、今からでも緊急事態用の医療体制を整えなければいけないのだが、未だにそんな動きは見えて来ないから、ずっとイライラするのだよな。どこかの国のサッカー代表監督を見ているときみたいに」

「あっ、それボクも感じます」

「それで、この話をまとめると、まず感染者を既存の医療機関から切り離すことが、医療崩壊を防ぐ必要条件だ。秀吉や幸村のやり方だな。

そして、感染多発地域から地方に拡がらないように人の移動を制限する。外国からの入国は一度止める。本当は春節のときが勝負だったが、今からでもとにかく厳しくいかなければ。実際、ここ（私たちが住んでいる地方都市）での発症者は、ほとんどが海外や東京からの帰省者だ。

　しかもそのうちの過半数は、この御時世になってからもわざわざ遊びに行って、感染して帰って来たのだから迷惑な話だ。ここは徳川幕府なみに厳しく当たらないと。そして、これからの状況によっては信長のやり方が必要になるかもしれない。

　今はウイルスへの恐怖が先に立って活動を自粛しているが、収入もない状況でそういつまでも続けられるものではない。そのときが来ることを想定して、感染者が入ることのできる施設を十二分に準備しておかなければいけないが、やらないのだよな、政府や知事たちは」

「お前、意見書でも出したらどうだ」

「俺もそうしたいが、森松、何かいいルートはないか」

「本当に出すのか？」

「いくらテレビの前で吠えたところで何にもならん。どうにかして、自分の意見は表に出すよ」

「相変わらずドン・キホーテみたいだな。だが、そこがお前という人間の価値だな」

「何もしないであきらめるような俺だったら、森松教授の親友だなんて、恥ずかしくてとても人に言えんだろう」

「そうだ、先生。いい方法がありますよ！」

T君が目をキラキラ輝かせながら言った。

「本を出しちゃえばいいのですよ。今中先生も書いているじゃあないですか『命を救う空飛ぶドクター』という本を。ボクはあれを読んで救命救急医を目指すようになったのですから」

「T君、本を出すなんてそんなに簡単にはいかないわよ」

私のこの言葉にカチンと来たらしく、G《じい》は宣言した。

「いや、それがいい。俺の言いたいことを本にして出版するぞ。今書いているのを後回しにして、さっそく取りかかろう。今中だってあの激務の中で書いたのだ。俺だってやれないことはない」

「お前、本気か？」

「ウン、出来上がったら送るよ」

G《じい》は本気だ、私にはわかる。でも、今書いている本があるって言ったような気がしたけど、

「先生、今書いている本があるのですか？」

「まあな、まだ3分の1くらいのところだがね」

「それで、どんな本なのですか？」

「タイトルは『新米女医・Yの喜劇』だ」

「ゲッ、それって絶対、私の失敗談でしょう。やめて下さいよ」

「若いドクターの教育に役立つだろう、と思ってせっかく書き始めたのだぞ。偽名にしてあるからいいじゃないか」

「お前、そのタイトルはエラリー・クイーンの『Yの悲劇』をパクっているだろう」

「その『Yの悲劇』ってどんな本なのですか？」

「推理小説の中でも最高傑作の1つだ。今度T君にも貸してあげるから読んでみるといい。あの結末はすごいからね」

「その結末を、お前がバラしてくれたのを覚えているか？　あとちょっとのところで」

「そんなことがあったかな、ハハハ」

G《じい》と森松先生の掛け合いは息ピッタリで楽しい。T君も同じ気分らしい。

「いやあ、先生方のお話は面白くてしかも勉強になります。ボクは本当にラッキーです」

「そんなに褒められて光栄だね。それじゃあ今度は僕からもちょっとしたクイズを出そうかな」

「ワア〜、どんなクイズですか？　森松先生」

またT君の目がキラキラ輝いた。

「ではいいかね、これはリーダーの資質を問うクイズだよ。
選手に10キロメートルのランニングを指示するとして

①ランニングする距離を知らせない。
②最初に「10キロのランニング」と伝える。
③最初は「8キロのランニング」と伝え、8キロの時点で「もうあと2キロ頑張れ」と伝える。
④最初は「12キロのランニング」と伝え、10キロの時点で「はい、終わり」と伝える。

この4人のコーチの中で、最も優れたコーチは何番かね？　まずT君に答えてもらおうかな」

「う～ん、ちょっと待って下さい……最初は②番のコーチだと思ったのですけど、そうすると最後の方で手を抜きそうな気がするな。だとすると③番目ですかね。ギリギリのハイペースで走りそうだから」

「そうか、T君は③番タイプか。それじゃあ山谷さんは？」

「私は嘘をつかない②番のコーチを信頼します」

「やけにはっきりしているね」

「剣道部時代の体験からそう思うのです。上級生の主将の中には③番タイプの人もいたのですけど、何回も同じことを繰り返すと『どうせあと少し追加になるだろう』と勝手に予測して、やっぱり本気を出さないようになるのですよね」

「④番目はどうだね。あと少しと思っていたところでもう終わりにしてもらえたら、選手はうれしいのではないかね」

「それもあまり良くないと思います。なぜならば12キロの配分で走ることになるから、結果的にはベストを尽くせないことになるし、何回目かには、予定の距離にならないうちから早く終わって欲しいと考えるようになるでしょう。私は②番タイプの主将でしたから」

「そうか、そう言われるとそうだね。じゃあボクも②番に変更します。いいですか？」

「いいけど、それがファイナルアンサーかな？」

「はい」

「それじゃあ正解を教えよう。実は③番が正解だ」

「ええっ、やっぱり③番だったのか。しまった、変えなきゃよかった」と残念がるT君。

私はどうにも納得がいかず「どうしてですか？」と聞きかけたが、そこでG《じい》が
「嘘じゃよ。本当は②番に決まっとるだろう。森松がちょっと揺さぶりをかけたのだ。

T君は熱血漢だが、芯がしっかりしてないな、まだ」

「はあ～、ボクはまだふらふらしているな……山谷さんとの差を感じてしまうよ」

「そんなに落ち込むことないでしょ、T君。私は剣道部で主将をしたことがあったか

ら、ちょっと確信があったのよ」

「それじゃあT君、一番ダメなのは何番かな？」

森松先生がまた尋ねた。

「え～と、走る立場で考えると、③番と④番では③番の方が嫌です。終わったと思っているのにまた走らされとガッカリしますよね。だけど①番はもっと嫌です。どれくらい走らなければいけないのか、どこで終わるのかを知らせないのは、選手を人として扱っていないですよね。これはコーチ失格でしょう」

「そう思うかな」

G《じい》はニタニタ笑っている。私は正解が知りたくて、

「私もT君と同じ意見ですけど、それでいいのですか？」

「まあ普通は、走っている者の感情を考えればそれが無難なところだろうね。ただし、別の観点からすれば、③番と④番はどちらも嘘の情報を与えているのだよ。
①番はまるで暴君だが、嘘は言っていない。コーチとの関係がうまくいっていれば、

選手の方から『何キロ走るのですか?』とか『何分ですか?』と尋ねることもできるし、場合によってはコーチが選手を信頼し、選手自身で決めさせているのかもしれないだろう。少なくとも嘘の情報は存在しないよね。

だから①番が最悪とは言い切れない。それに対して③番と④番は最初に嘘の情報を与えている。これを繰り返せば選手は疑心暗鬼となり、コーチと選手の信頼が崩れてしまう危険があるのだよ」

「なるほど!」

私とT君はほぼ同時に納得した。

「そこでここからが本題だ。今、政府が発している自粛要請だが、何番に当たるかね? T君」

「本題はそういうことだったのですか。ええと、今のところいつまでになるか全くわからないですからね。近いのは①番ですか?」

「山谷さんも同じかな?」

「いや、①番とは違いますよね。最初は２週間と言っておいて、さらに延長して、そして今でも正念場と言って『さらなる自粛を』と言い続けていますからね。③番を繰り返しているように思います」
「そうだね、それが正解だ」
森松先生がうなずくと、Ｔ君がしょんぼりして
「ああ、やっぱりボクは足りないな。少し落ち着いて考えればわかるはずなのに。大脳まで行かずに延髄くらいで反応してしまう……あれっ？　ひょっとして間違えそうなボクを先に指名しているのですか？　最初に山谷さんに質問すると正解を答えてしまうから」
するとＧ《じい》が横から口を挟んだ
「Ｔ君、それが解ればたいしたものだ。君は自分が考えているほどのアホではない。そうと気付かないまま肩書きだけ立派になり、自分が世の中を動かしているような気になって社会に弊害をもたらしている輩もたくさんいるからな。

T君は間違ったら悔しがってガッカリするし、正解を当てた者を素直に賞賛するだろう。だからどんどん成長するよ。心配するな、君は大事な部分で賢い。アホではないぞ」

「はい！　ありがとうございます！」

「アホではない」と言われてもそれほど自慢にはならないと思うが、T君はものすごくうれしそうに返事した。これも延髄あたりで反応しているのだろうか。

「それにしても山谷さん、どうしてそんなによく当たるの？」

「えっ、どうしてと聞かれてもよく解らないけど。たぶん、私はいつも血液疾患を診ているでしょう、白血病の患者さんとか。重症で精神的にもきつい患者さんを相手にしていると、言葉1つをよく選ばないといけないし、その前に患者さんが何を考えているのかを察することも大切だから。何でも全部話してくれているとは限らないからね。

白血病の治療は患者さんが理解して覚悟を決めてくれなければ始められないし、途中で『きついからやっぱりやめたい』と言われてもどうしようもないからね。もう抗癌剤は身体の中に入っているから、あとは隔離された個室の中で副作用に耐えながら頑張ってもらうしか方法がないのよ。

だから、とにかく正直に解りやすく、でもなるべく不安な気持ちにならないように説明しなければ。特に私みたいにまだ若い医師だと見かけで信用されるのは難しいから、チャラチャラした格好や話し方は絶対ダメ。よく考えて答えないと信用されなくなるからね、私なりに気をつけているのよ」

「そうか、ボクは救命救急医だからな。とにかく救急処置を早くすることに追われて、患者さんの気持ちを考える余裕をなくしているのだな、きっと。もっとも意識がない患者さんだって多いけどね。

そう言えばかなり前の話だけど、意識不明の患者さんが搬送されて来て、レジデント仲間と一緒に対応したときに早合点して失敗したことがあったな。患者さんがピクリとも動かずに呼吸も浅いから、まずＡＢＣ（気道確保と呼吸、循環をすばやく行うという意味）と思い、すぐに挿管しようとしたら今中先生が現れて……どうなったと思う？」

「ひょっとして失敗して怒られちゃったの？　まだ上達していないのに勝手にやるな、とか言われて」

「そうじゃなくて『慌てるな！』と一喝されたのだよ。今中先生がさっと服を脱がせると横隔膜は動いていたし、カルテを診てすぐにブドウ糖を注射したら患者さんが目を開けて……。要するに低血糖発作だったという訳。

本当に自分の早とちりが恥ずかしかったよ。何人か挿管に成功して気が勇んでいたのもあったけど、本質的にボクは短絡的なのかもしれないよ」

「私だって、早とちりや失敗なんてしょっちゅうやって、何度も先生に注意されて少しずつ覚えて来たから」

「それが『新米女医・Yの喜劇』なの？　それ、早く読みたいな」

「もう、やめてよね。本当に」

「おい、2人で盛り上がっているようだが、話がそれていないかね」

「あ、そうだ。コロナウイルスによる自粛の話でしたよね。ええと、それで⁉」

「T君、森松先生が言いたいのはね、自粛は大事だけど何度も期間が延長されると、みんな政府を信用しなくなるということ。そうですよね」

「そのとおり」

「そうですよね。ボクたちは、多少不便な思いをしても生活そのものが困ることはないけれど、観光業や飲食店などいろんな職業の人たちには影響が大きいですよね。試合がなくて給料をカットされたスポーツ選手だっているし、世の中がだんだん大変なことになってきていますよね」

「本当に気の毒ですよね。ひと月仕事がないだけでもどれほど困窮するか、私は父が大工だったからよく解ります。パンデミックギリギリの正念場と言っていますが、多くの人にとっては生活が成り立つか崩壊するかの正念場ですよね。それをあとどれくらい耐えなければならないのか、全く見当もつかないのでは、きっと心が折れてしまいますよ」

すると森松先生はこのようなことを言った。

「活動自粛期間を指示するときには、まずきちんとした根拠を示す必要があるね。今、それを明確に示す努力をしていないのが一番の問題だ。２週間とか１カ月間とか言っているが、何ら根拠がないままに先延ばししているように思われる。

たとえば『気温が上がり紫外線が強くなればウイルスが弱まると予想される５月まで』とか『ワクチンの開発を急いでいるからワクチンができるまで』あるいは『有効な薬ができるまで』といったように。もしくは『あとひと月で効果がないと判断すれば自粛要請を解除する』ことを約束するといった具合に、ゴールをはっきりさせてくれなければ、いくら日本人が我慢強いと言っても限界が来るだろうね。

破れかぶれになった人たちがＳＮＳで呼びかけ合って渋谷を闊歩してもおかしくはない」

「ワクチンができるのは、まだ先だろうな」

「まあ、今年中は無理かもしれないな。できたとしても医療従事者が優先で、一般の人はもっとあとになるだろうね」

「医療従事者の中でもT君のような救命救急医は最優先だな。運ばれて来た急患が感染している可能性があるからな。俺たち開業医の仕事とはリスクが違う」

「でも、真っ先に新しいワクチンを射つのもちょっと怖いですね。副作用もまだよくわからないでしょう」

私も最初はちょっとためらうかもしれない。

「森松先生はどうですか？　ワクチンができたらすぐに射ちますか？」

「そりゃあ射つよ。射たなきゃ始まらない」

「でも副作用とか怖くないです？」

「個人的にはいろいろ考えることもあるけど、これは社会的責任を優先させるべきことだからね」

「でもインフルエンザワクチンだって、感染を防ぐ効果はないから無理して射たない方がいい、と言い続けているドクターもいますよね」

「それは当たり前のことだよね。ワクチンを射ったところで、ウイルスが咽《のど》や鼻腔に入って来るのは止められない。それはマスクやうがいの役割だ。それにワクチンを射ってもインフルエンザを発症する人は少なからずいる。

特にクラスメートや家族に感染者が居て、濃厚に接触しているとそうなるし、体力や生活環境には個人差があるからね。

しかし、同一人物がワクチンを射った場合と射たなかった場合、ワクチンを射っておいた方が発症しにくいし重症になる確率も低い。ワクチンとはそういうもので、人多数が免疫力を持つことによって感染症の爆発を抑えることができる。天然痘だってそうやって撲滅できたのだよ」

G《じい》も森松先生に続いて、ちょっと厳しい顔つきで言った。

「もちろんインフルエンザワクチンを否定するドクターにも、それなりの考えがあるのかもしれない。その理由はそれぞれに違うだろうけどね。中には自分自身がワクチンを射ってもインフルエンザに罹ってしまうとか、インフルエンザワクチンの副作用によってひどい目に遭った知人がいるとか、そんな体験に基づいていることもあるだろう。

しかし、ワクチンの対象を一個人と考えて判断することは間違いで、あくまで社会全体を運命共同体、もっと言えば1つの生き物と考えて判断するべきなのだ。

もしワクチン否定派が勝ってしまい、採算が取れなくなった業者がワクチン生産を中止すればどうなる。今回のように新型のウイルスが出現しても、そのワクチンをすぐに作ることはできない。ワクチン製造の技術・生産ラインをストップさせてはいけない。何事も失ってしまえば簡単には取り戻せないのだよ。だから、彼らワクチン否定派の主張を支持する気にはとうていなれないね」

それからも話は尽きなかったが、

「そろそろお開きとしようか、今日は本当に楽しかったよ。俺は明日からまた戻るよ」

「東京は危ないからな。くれぐれも気をつけろよ」

「大丈夫だ、研究所に引き籠《こも》っているから。お前もあまり無鉄砲なことはするなよ」

「俺も自分の部屋で本を書くことに専念するつもりだ。出来上がったら送るから、暇なときに読んでくれ」

「それじゃあ、君たちも頑張ってね」

「どうもありがとうございました。また御一緒させてください」

「本当に勉強になりました。ボク、もっと頑張ります」

「じゃあまたね。ところでこの中で一番危険なのはT君、君だからね。気をつけるのだよ」

「わかりました。先生もお気をつけて」

森松先生を見送ってから、G《じい》は、

「源さん、今日はありがとう。しばらくは大変だろうけど、コロナ騒動が終わったら、またこの店を開けてくれよな。楽しみに待っているから」

「ハイ、絶対に開けてみせますから。先生たちも頑張って下さい」

早くその日が来ることを、私たちみんなが願った。

日本人をバカにするな

「いったい何なのですかね、あれ。私たちをバカにしているとしか思えませんよ」

あの温厚なトミ子さんが怒っている。高子さんと由美さんも口々に、

「ホント、エイプリルフールかと思ったわ」

「みみっちいったらありゃしない。しかも、さも得意げに発表しているから」

私も言った。

「マスクなんて私にも作れますよ。あれを配るのに200億円くらい必要らしいですよ。その予算があれば、10億の施設が20カ所、5億なら40カ所造れますよ。感染対策専門スタッフだったら、2千人を採用しても1人に1千万円もの報酬が出せるじゃあ

ないですか。それだけの手当があれば、人は集まると思いませんか」

「有里先生、なんだか言っていることが師匠そっくりだわね」

「でも、本気でそう思います。感染者の受け入れによって崩壊寸前の病院では、一刻も早い医療資源の確保が切実な願いなのですよ。必要な順番が違いますよ。もう頭に来た、マスクなんか今すぐ作ってやるわ」

高子さんも、

「そうね、それなら休み時間にみんなで作ってみましょうよ。由美ちゃんもいいわね」

「エッ、私も作るの？」

「そうよ、1つずつ作って、せっかくだからあとで比べてみるのよ。それぞれ特徴があるかもしれないし、その方が楽しいでしょ。先生には内緒よ」

「そんなの、トミ子さんが一番上手いに決まっているじゃない。私はきっとビリだわ」

昼休みになると、私たちは一心不乱にマスクを作った。材料には穴が開いて使わなくなっていた滅菌シーツを利用した。

「それじゃあ、品評会といきましょうか。そうだ、先生も呼ばなきゃ」

由美さんから呼ばれたG《じい》がやって来たところで、

「私たちでマスクを作ってみました。これから品評会を行うので、先生も評価をお願いします」

「これはトミ子さんのマスクだな、これは由美ちゃんか。あとの2つは判らん。それにしてもなかなかよくできているな。色もグリーンで、まるでオペ用の布マスクのようだ」

やっぱりトミ子さんのマスクは縫い目も細かく、膨らみもきれいだ。

「どうせ私は下手くそですよ。だからすぐ判ったのでしょう、先生」

「いや、由美ちゃんのもよくできているぞ。決して下手ではないが、なんだ、このピンクの糸は。こんなことをするのは由美ちゃんだけだろうが」

「だって、この方が楽しいし、他の人のマスクと見分けがつくでしょ。だから私のイメージカラーのピンク」

「由美ちゃんのイメージがピンク？　それは違うな」

「じゃあ何色ですか？」

「自分の声の色だ」

「へっ？」

「黄色だろうが」

「ハハハ、そうだわ。いいじゃない、黄色は明るくて無邪気で。由美ちゃんにピッタリ」

高子さんにつられて、みんな一斉に笑った。

「あとの2つもいい出来だ。違いを言えば、トミ子さんは隅々まで縫い目が細かいが、この2つは効率的に縫ってある。仕事をしながら育児をしている高子さんと、第一線で働く医師が作るマスクはこんな感じだろうな。まあ、それぞれに個性が出ているが、

「ということは、ねえ、みんなでマスクを作って売らない？　きっと儲かるわよ」

「由美ちゃん、そんな下品なことやってはいけないの。1千枚以上の手作りマスクを寄付した中学生だって居たでしょう。大人も少しは見習わないと」

「ハイハイ、高子さん。私だってそれくらいはわきまえていますって。たくさん作ったら、他の人にも分けてあげるわ。それにしてもあの中学生は偉いわねえ。あの子こそ、本当の意味で国民栄誉賞にふさわしいわよ」

「そうですよ。それに昔から日本人はいろいろ工夫して、助け合って生きて来たのだから。私が子どものときのおじいさん、おばあさんは、何でも自分たちでお互いに作り合っていたものよ。服や杖だって、その人に合わせてね。今は便利になりすぎて、その知恵を失ってしまったのよ。だけどたいていの人はやろうと思えばできるの。でも、やりたくないだけよ」

トミ子さんがそう言うと、高子さんも、

「売り切れのマスクを求めて、朝からスーパーに並んでいるのは高齢者が多いのよね。あれこそ感染リスクを高めるのにね。家でマスクを作った方が楽だと思うけど。今のお年寄りはもう作れないのかな？」

するとG《じい》は、

「それは一部の医療コメンテーターにも責任があるな。高性能の医療用マスクでなければ感染防止には意味がないと物知り顔でしゃべったのがいたからな。今、その言葉を総理に向かって言えればたいしたものだがね。

まあそれはそうとして、最近は朝飯も食べない老人が多くなったからな。戦後生まれの老人は、戦前生まれの日本人とはかなり違うな。子どもがそのまま年だけとったような人も多いよ。いい年をして我慢や工夫ができないから、生活習慣病がますます増えているのだよ」

由美さんは、

「若者のせいでコロナウイルスが拡がっているってテレビで言っているけど、このあいだの感染者は外国旅行から帰宅した老人で、その次は東京で遊んで来た中年でしょ。年齢なんか関係ない気がするわね」

「それからね……」

マスク作りをきっかけに盛り上がった話は終わりそうになかったが、

「あっ、いけない。食事をするのを忘れていた」

「しまった、あと20分しかないわ」

私も慌てて弁当を開いた。

その後、マスクの配布にかかる費用は200億円ではなく、460億円であることが判った。

私たちは、また口々に吠えた。

『私たちは日本人だ。マスクは自分たちで作る。日本人をバカにするな！』

T君、コロナに感染する

「あれっ、T君からメールが届いている……えっ、大変だ！」

「いったいどうした？　まさかコロナに感染したとでもいうのか」

G《じい》は冗談気味に言ったが。

「そのまさかです」

「入院しているのか？」

「さあ、どうだか。感染しただけで症状がなければ、おそらく自宅待機だと思うのですけど」

T君は今でも大学病院の官舎に住んでいる。急な呼び出しに備えてのことだ。

「ちょっと電話してみろ」

「電話に出るかな……あっ、もしもしT君、大丈夫？　いったいどうしたの」

「いやあ、ドジ踏んじゃったよ。先週、70才の男性が心肺停止状態で搬送されて来てね、入浴中に倒れているところを奥さんが発見して通報したのだけど……とにかく（気管内）挿管をして心マッサージをしたけれど、結局救命できなかった。

原因は心疾患か大動脈瘤、脳血管障害あたりが疑われたけどはっきりしないので、まずポータブル装置でレントゲンを撮ってみたら、肺炎があった。発熱はなかったのだけどね。そしてその患者さんが東京から10日くらい前に帰宅したことが、奥さんの話で判ってね」

「それでPCR検査をやったのね」

「そう、救命処置に当たったドクターは他にも何人かいたのだけど、今のところ感染したのはボクだけだって。なんたってボクは挿管もやって、その後も顔の近くで心マッサージをしたからね。マスクと手袋はしていたけれど、ゴーグルはしていなかったし、防護服なんて着ているはずないからね。どうみても濃厚接触だよ。

　特に最悪だったのは、挿管して気管にチューブが入った瞬間に、ちょうど小田君（研修医）が思い切り心マッサージをして胸を強く押したものだから、顔に患者の呼気をモロに浴びてしまったことだよ。そのタイミングはないだろうって思うけど、あいつは脳みそまで筋肉だから。ボクが『ちょっと待て』と指示しなかったのがいけなかった。完全にドジったよ」

「それで大丈夫なの？」

「今はなんともないけど、周りに迷惑をかけないようにずっと官舎にこもっているよ。しばらくは先生（G《じい》）のところにも顔を出せないからよろしく伝えておいて」

「わかったわ。あとで差し入れを持って行くから、頑張って」

「ありがとう。ドアの外に置いていてくれればいいから」

「T君、どうだった？」

「今は何ともないみたいです。心肺蘇生のとき挿管チューブを通じて飛沫を浴びたのがいけなかったのだろうって言っていました。はじめは感染者だと判らなかったそうです」

「そうか、それは気の毒だな。帰りにT君のところに寄るのならば、これも持って行ってくれ」

G《じい》から渡されたのは、バランス栄養食（これをG《じい》は昼食に摂っている）、五葉松種子のサプリ（HIVやインフルエンザウイルスなどへの有効性が証明されていて、私とクリニックの職員はもらって飲んでいる）、経口補水液1ケース、それからDVDが10本と文庫本『Yの悲劇』。

その日はG《じい》のクリニックを早めに切り上げて、T君の官舎に向かった。ドア越しに少しだけ話したが、自分の不注意を後悔しながらも、元気そうな声だったのでなんとなく安心した。

翌日の夜になってT君からその日2回目のメールがあった。やっぱり退屈しているのだろうな、と思って見てみると、しばらく入院するので官舎には居ないとのことだ。

私はすぐさま電話をかけた。病室内では携帯での会話は原則禁止だが、個室のはずだから大丈夫かもしれない。

3コール目でつながった。

「やあ、山谷さん。ビックリさせてごめん」

「本当に大丈夫なの？　今日もコロナ感染者が入院したと聞いたけど、まさかT君だとは思わなかった。なんだか気まずいでしょう」

「いや、それはボクじゃないよ。ボクが入院したのは実家の病院。あれっ、メールまだ読んでいなかった？」

私は慌てて全部をしっかりと読んでいなかったのだ。

「ごめん、きちんと読まなかった。へえ、お兄さんところにいるのね」

「そうなのだよ。実は、今朝から味覚がちょっとおかしい感じがしてね。これはマズイと思って、今中先生に連絡したら、念のために入院した方がいいだろうと言われたのだけど、他の患者さんもいるようで、とりあえず部屋で待機していたのさ。そして、親父の3回忌に出られそうもないことに気がついて、兄貴に連絡したら、すごくビックリしちゃって。すぐに折り返しの電話が来て、

『すぐに帰って来い』

と言われてね。

『今、そっちに帰ったら病院に迷惑をかけるだろう』

と答えたら、

『バカ！　そんなこと言っていられるか。入院患者はもう他所《よそ》に頼んだから大丈夫だ。今から迎えに行くから用意しろ。大丈夫だ、人工呼吸器だって最新のものがあるから』

だって。兄貴は呼吸器の専門医だからね、ハハハ」

私に説明するT君の声は弾んでいる。よっぽどうれしかったのだろうな、兄さんとのわだかまりが消えて。

「良かったわね、きっと大学病院にいるよりも快適だわね」

「そう、個室も広くて、親父の代から居たおばさん看護師が面倒見てくれるし、病院1つ貸し切り状態だから。

ゴーグルや防護服もそろっているし。兄貴が、いざというときに備えて用意していたのだって。それでさあ、事務長さんの運転でボクを迎えに来たときにも2人とも防護服で完全武装して、ゴーグルまでつけちゃって。そうしなければいけないだろうけど、いいのかな？　あれで運転して。交差点で止まるたびに周りの視線が気になっちゃって、ハハハ」

T君と話をするまではとても心配だったが、この調子ならば大丈夫そうだ。喜びは免疫を高めるというから。

「とりあえず安心したわ。由美さんたちにも伝えておくわね。心配そうだったから」

「ああ、さっき電話したから大丈夫。ちょっと先生に聞きたいことがあったから。兄貴がね、いろいろ持って来て、ロイヤルゼリーとかフコイダンとか、これって海藻の1種らしいけど、とにかく免疫を高めろと言って。飲んだ方がいいのか先生に教えてもらおうと思って。先生からもサプリをもらっているからね」

「へえ、それで先生はなんて言ったの？」

「どれも役に立つからとにかく飲めって。アレルギーがあるとか特別な事情がなければ、全部飲んだ方がいいぞって言われた。クリニックに通院している患者さんでも、やっぱり飲んでいる人の方が元気いいらしい。でも、質のいいのは値段も高いから飲める人は少ないそうだよ。これ、絶対高いはずだよ、兄貴が買ってくれたのだから」

「ハハハ、T君のうれしそうな声を聞いたらなんだか私も元気が出ちゃった。どうもありがとう」

「山谷さんがお礼を言うのはおかしいよ。ボクの方こそ、いつも励ましてくれてありがとう」

「それじゃあ、早く帰って来てね」

「うん、山谷さんも気をつけてね。どこにコロナが隠れているかわからないから」

私はT君に対して、これまでとは別の感情が湧いて来たことに気がついた。お兄さんのことをうれしそうに話し続ける、まるで子どものような無邪気さに私の母性本能（私にもあったのだ）は刺激され、どんなときでも真っ直ぐに進み続ける姿に頼りがいを強く感じた。

緊急事態宣言

とうとうと言うべきか、ようやくと言うべきか、東京や大阪などの感染多発地域に緊急事態宣言が出された。国の対応が遅すぎるとか、都知事はよくやっている方だとか、大阪府知事は不眠不休ではないのか、などとネットの声も賑《にぎ》わっている。

私たちが住んでいる地方都市でさえ、なんだか世の中が一層暗くなった感じだから、緊急事態宣言の対象となっている人たちのストレスはいかほどのものだろうか。想像しただけでも気の毒になってしまう。

世界中がこのような事態になってしまうことを、1月の時点で予想できた人は誰も居ないだろう。いや、早くから警報を鳴らした人も確かにいた。いち早く発信した中国の医師もいた。そして彼自身もこのウイルスによって亡くなった。せめて天国から自分が正しかったことを誇りに思っていて欲しい。

最前線で命を張って頑張っている者たちの声を遮断するのは、いつもリーダーであるべき人物とその取り巻きたちだ。そして自らが招いた失態に誰も責任を取ろうとはしない。

WHO事務局長の評価も地に落ちた。

報道陣を前にパフォーマンスを見せる政治家を見てG《じい》は吐き捨てるように言った。

「とんだ茶番だな」

「こんなのすべて緊急事態宣言に関係なくできるだろう。やる気があったなら、とっくに臨時医療施設を確保して感染対策チームを立ち上げているよ。いかにもリーダーシップを発揮しているように見せているが、本当の評価はこれからだ。このような有事においては選挙のことなど二の次にして、一心不乱に頑張ってもらいたいものだが、はたして本性はどうだろうな」

「これからどうなってしまうのでしょうかね」

「なあに、なんとかしようと頑張ればなんとかなるさ。自粛の影響で経済はうんと落ち込むだろうけど、回復させる方法は単純なことだ」

「どうすればいいのですか?」

「力の限り働けばいいのだよ。今度の騒動で顕著となったように災害への備えはまだ全然整っていない。公共事業を増やして、自粛によって職を失った人たちに仕事を提供する。一旦、民営化した事業だって、国の管理で行った方がうまくいくものもある。労働の義務を果たせるように国が仕事を用意して、国民みんなで働いて、働いて、働き抜くのだ。その覚悟さえあれば、これからを悲観することはない。昔から日本人はそうやって生き抜いてきたのだ」

「そうですよね。単純なことですよね」

「2020、頑張れ、ニッポン! でしょ!」

「ハハハ、由美さん、なにそれ」

そのとき受付の電話が鳴った。

「有里先生、T先生からよ。もうすぐ退院するって」

ドクター有里のノートから（Gの提言《じい》）

❶ＰＣＲ検査は各診療所で行うのではなく、ガソリンスタンド跡のような屋根のある開放空間を確保して、医師と保健所職員が出向き、防護した上で行う。

❷有事の医療体制は平時の医療体制から切り離す。
有事対応の臨時医療施設を確保する。
スタッフは各施設から数名ずつ派遣してもらう。
有事動員スタッフの登録制を設けて、定期的に研修を行い準備する。

❸活動自粛のタイムリミットの目途をはっきりさせる。
ウイルスの流行が終息するまでか、治療薬ができるまでか、ワクチンができるまでなのか。

あるいはどこかのタイミングで覚悟を決めて経済活動を再開するのか。

❹休校中の義務教育はテレビで行い、授業終了と認める。

❺自然災害の少ない場所に個別に入ることができる避難施設を造る。

❻外国への行き来は原則禁止、都市部と地方間の移動も制限する。

髙橋弘憲（たかはし・ひろのり）
1958年生まれ
宮崎市出身・自治医科大学6期卒業。
卒業後の義務期間は、地域中核病院では内科医として、医療過疎地の診療所では総合診療医として勤務した。義務明け後は、一度母校の血液学教室に籍を置いたのち、地元の公立病院で血液内科専門医として白血病などの診療に携わった。40歳のときに開業。夜8時までの内科診療や健康診断、老人ホームの往診、看護学校の講義などの地域医療業務の傍ら、執筆や講演などでも活躍している。提唱する健康法を自ら実行しているため頑健。

好きな言葉
「何かをしたい者は手段を見つけ、何もしたくない者は言い訳を見つける」

著書
『活かす血　老ける血　危ない血』（アース工房）
『健康エネルギーを高めて幸せになる習慣』（アース工房）
『「強運なからだ」をつくる生き方』（総合法令出版）
『健康・不健康の分かれ道』（第三文明社）
『カラー版　血液が語る真実』（論創社）
『いざとなったら尿を飲め』（論創社）
『医療小説　ドクターGの教訓』（論創社）

医療小説　ドクターG《じい》の教訓【番外編】コロナ騒動

2020年5月25日　初版第1刷印刷
2020年5月30日　初版第1刷発行

著　者　髙橋弘憲
発行者　森下紀夫
発行所　論 創 社
東京都千代田区神田神保町 2-23　北井ビル
tel. 03（3264）5254　fax. 03（3264）5232　web. http://www.ronso.co.jp/
振替口座　00160-1-155266
装幀／奥定泰之
印刷・製本／中央精版印刷　組版／フレックスアート
ISBN978-4-8460-1944-0　

論 創 社

医療小説　ドクターG《じい》の教訓◉高橋弘憲

老境に入った開業医ドクターG《じい》は、クリニックを受診した医学生「有里」に、医師として大切な知恵や心を伝え続ける。真っ直ぐな性格の若い女性が、いろんな症例や出来事を通じて成長する姿を描く医療小説。**本体 1800 円**

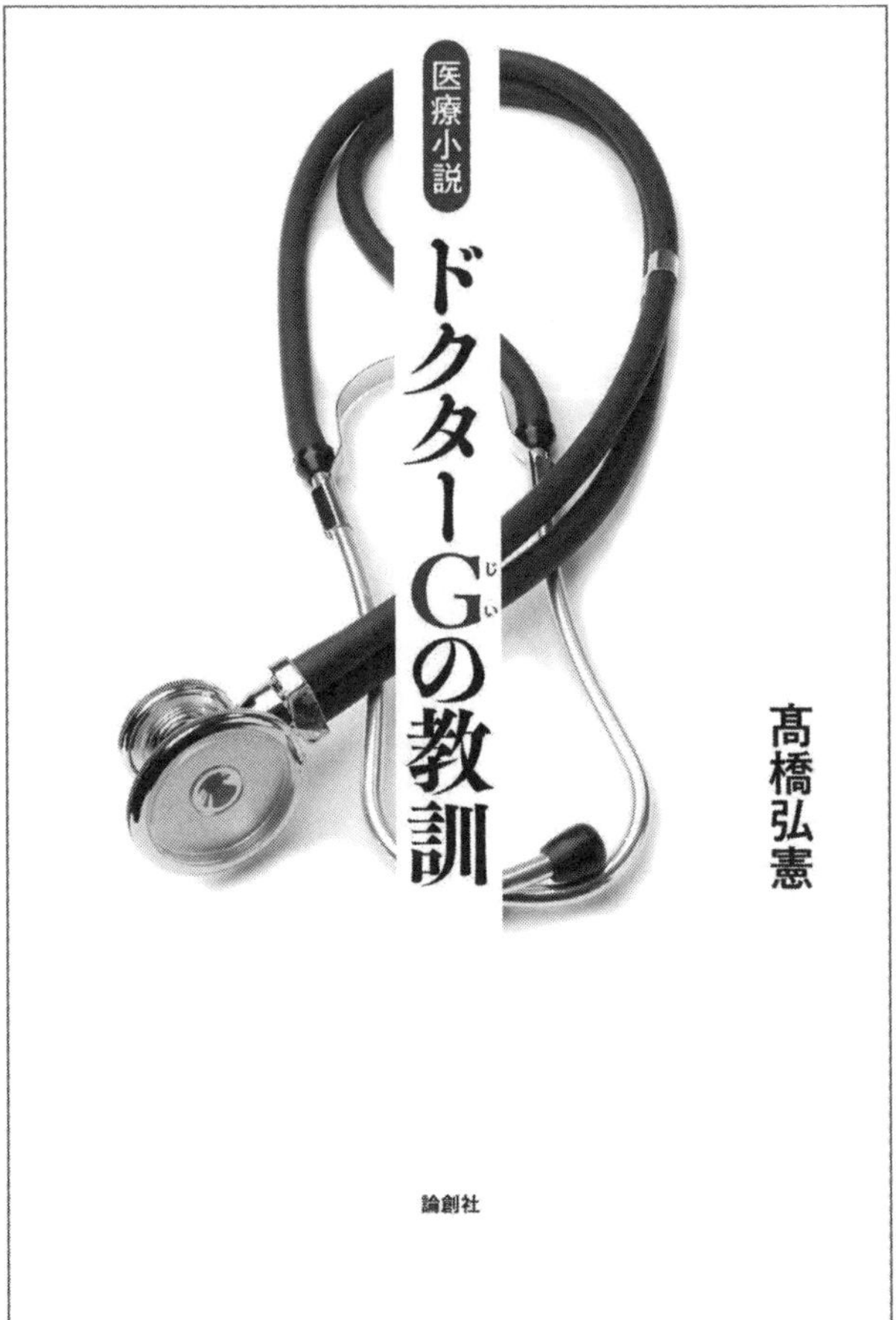